"Un hombre del Oeste"

MARCIAL LAFUENTE
ESTEFANÍA

Lady Valkyrie
Colección Oeste®

Lady Valkyrie, LLC
United States of America
Visit ladyvalkyrie.com

Published in the United States of America

First published as a Lady Valkyrie Colección Oeste novel.

Design and this Edition © 2020 Lady Valkyrie LLC

ISBN 978-1619516946

Library of Congress Cataloguing in Publication Data available

Índice por Capítulos

Capítulo 1

Como siempre, había mucha gente esperando la llegada del tren.

La mayoría eran curiosos a los que les gustaba entretenerse mirando cómo bajaban y subían los viajeros.

También había varios con sus pequeños o abultados equipajes, dispuestos a viajar.

Dos hombres estaban hablando. Uno de ellos dijo:

—Se llama Tom Haycox el que compró esas tierras. ¿Te dice algo su nombre?

—No; no recuerdo a nadie que se llame así.

—Ahí tienes a todos los «mejores» vaqueros de la comarca... Están esperando la llegada de Tom Haycox. ¿Qué te parece, Murton? ¿Verdad que puede formarse un buen equipo con todos ésos?

Se echaron a reír.

—Si es un hombre inteligente, Tom Haycox pronto se dará cuenta y no admitirá a ninguno de los que forman ahora mismo ese grupo de vagos. Tarda mucho el tren.

—¿Tienes prisa?

—Ninguna.

—Vamos a preguntar a qué se debe este retraso.

Se presentaron ambos en la oficina.

Donald Smith, el propietario de uno de los locales de diversión más importantes de Phoenix, preguntó por uno de los jefes de la compañía del ferrocarril, informándoles el encargado de aquella oficina:

—Mister Ferguson se encuentra en estos momentos reunido con todo el Consejo de Administración. Tardarán más de dos horas en salir.

—Es lo mismo, tal vez tú puedas informarnos. ¿Por qué hoy tarda tanto el tren?

—Ha tenido que detenerse a seis millas de aquí. Avería en la línea.

—Entiendo. Los materiales ya están muy viejos.

—Lamento contradecirle, mister Coartenay. El pasado año se renovó todo el material.

—Eso es lo que han hecho creer. Ya lo estamos viendo. Todos los días ocurre algo.

—La demora del tren que están esperando se debe a un acto de sabotaje. Supongo que habrán querido robar... Afortunadamente, no ha habido que lamentar ninguna desgracia personal, ni han podido robar.

—¿Otra vez...?

—Otra vez; mister Coartenay. Pero los guardas de seguridad de la Compañía estaban bien preparados... El sheriff es quien puede darle más detalles de todo lo ocurrido. Fue al primero que se informó.

—Por eso no le encontramos en su oficina.

Se despidieron del encargado de la oficina y pasearon por el andén, en espera de que la pesada máquina apareciera o anunciara su proximidad con sus repetidas pitadas.

Transcurrió más de una hora, y la gente comenzó a cansarse, marchando muchos a los locales más próximos, donde refrescaron sus respectivas gargantas.

En todos los lugares se hacían los mismos comentarios.

Por fin, se escucharon las pitadas, y todo el mundo se precipitó hacia el andén.

En segundos, quedaron completamente vacíos casi todos los locales de diversión.

Los viajeros, asomados a las ventanillas, saludaban, sonrientes, correspondiendo de esta forma a los que les tributaban aquella calurosa bienvenida.

El sheriff fue el primero en bajar de la máquina, con el grupo de hombres que había reclutado para dar una batida por los alrededores de donde el maquinista se vio obligado a detener la máquina.

—¡Mira, Murton! Fíjate en el hombre que acaba de bajar.

—La muchacha que va a su lado es preciosa... Tengo el presentimiento de que se trata del individuo a quien muchos esperan.

Se acercaron sin prisa.

El sheriff hablaba en ese preciso momento con aquel hombre de pelo cano, y con la muchacha que iba cogida de su brazo.

—Ha hecho un buen trabajo, sheriff... Lástima que no haya podido dar alcance a esos hombres.

—Pronto dejarán de intentarlo porque ya saben que el tren siempre viene muy bien protegido. Mister Haycox Recuerde el consejo que le di: mucho cuidado en esas tierras. Están algo apartadas de la ciudad.

Murton y Donald se miraron en silencio.

En cuanto les vio el sheriff, este mismo se encargó de hacer las presentaciones.

La joven, al escuchar el nombre de Murton, dijo:

—Hemos oído hablar mucho de usted, mister

Coartenay. Su ganadería tiene fama en todo el Este.

—No sabía que hubiera llegado tan lejos la fama de mis caballos.

—Me gustaría poder visitar su rancho.

—Podrá hacerlo cuando se le antoje, miss Haycox. A usted le digo lo mismo.

—Muy agradecido, mister Coartenay... Mi hija y yo lo haremos en cuanto tengamos ocasión. Ha sido un placer conocerles. El viaje ha sido demasiado pesado y, lo mismo mi hija que yo, estamos deseando llegar al hotel para poder descansar. ¡Traemos los huesos molidos!

El sheriff les acompañó hasta uno de los mejores hoteles de toda la ciudad, donde se quedaron hospedados.

Antes de pasar a ocupar sus respectivas habitaciones, dijo Tom Haycox al encargado del hotel:

—No queremos que nadie nos moleste. Diga a los vaqueros que están esperando en el salón que hasta mañana no podré atenderles.

—Ahora mismo hablaré con ellos, mister Haycox.

Se despidió del encargado, y se metió en su habitación.

Los cowboys que esperaban en el salón se marcharon todos, al ser informados por el encargado.

El saloon de Donald Smith se vio aquella noche más concurrido que nunca.

Siempre que llegaba una muchacha nueva a uno de estos locales, ocurría lo mismo.

Donald contemplaba, con satisfacción, todo el local.

Murton, que estaba a su lado, preguntó:

—¿Qué te parece como está el local...?

—Abarrotado. Me gusta verlo así.

—A este paso, pronto te harás rico.

—No tanto... No tanto. No creas que todo son ganancias, hay muchos gastos.

—Eres el hombre de más suerte que he

conocido. Con un puñado de billetes, pagas a todos tus empleados.

—Pero un puñado de muchos billetes.

—Anda, sirve un trago. Me quedaré hasta última hora esta noche.

Donald llenó los vasos.

Una hora más tarde, Joanna, la nueva empleada, se sentaba con ellos, contemplándola Murton de una manera que no agradó a la muchacha.

—Eres muy bonita.

—Por favor, mister Coartenay. Conseguirá ponerme nerviosa.

—¿Qué quieres beber?

—Nada.

—¿Cómo que nada?

—No bebo.

—Trae una botella de champaña, Donald.

Minutos después, les servían la bebida.

Murton llenó una copa y se la ofreció a la muchacha.

—Esto te sentará bien. Bebe.

—Le he dicho hace un momento que no bebo nada. Me hace daño.

Pero se vio obligada a beber la copa de champaña. Más tarde, Murton bailó con ella.

Las notas musicales de la desafinada orquesta llegaban a herir el oído con aquellos estridentes ruidos.

Murton apretaba con fuerza a la joven entre sus brazos.

—Por favor, mister Coartenay. Me está haciendo daño.

—Perdona. Necesito una mujer como tú en el rancho.

—¿No tiene esposa?

—La perdí hace varios años.

—Lo siento.

—No te preocupes. No tuvimos hijos. Es lo que más siento. ¿Cuántos años tienes?

—Veintiséis.

—Una bonita edad. Yo estoy a punto de cumplir los cuarenta.

—Es joven todavía.

—Tú lo eres más. ¿Estás cansada?

—Bastante.

—Vamos a sentarnos.

La orquesta les dedicó varias de sus interpretaciones, viéndose obligados a bailar nuevamente.

Sandie, la encargada del personal femenino de la casa, se acercó a ellos:

—Hola, Murton.

—¡Ah, eres tú! Siéntate, Sandie.

—Voy a privarte unos minutos de la compañía de Joanna. Tenemos que arreglar lo de su habitación... Además, muchas de sus cosas están todavía sin ordenar. Será cuestión de unos minutos nada más.

Joanna se marchó con la encargada.

En la parte alta del edificio, se metieron en una de las habitaciones.

—Te agradezco que me hayas liberado de ese hombre. ¡Estoy rendida!

—Murton es uno de nuestros mejores clientes. Te he traído aquí porque quiero hablar contigo... Tienes que arreglártelas para no pasar la noche sólo en la compañía de Murton. Los clientes han empezado a protestar, y con razón. Da una vuelta por las mesas.

—¿Crees que Murton me dejará?

—Si eres hábil, lo conseguirás.

Sonrió y guiñó un ojo a la muchacha.

Esta apareció nuevamente en el saloon, y se dedicó a recorrer las mesas, consiguiendo que los viajes al mostrador se sucedieran.

Murton se puso como una fiera, al darse cuenta.

—¡Di a esa muchacha que venga, Donald! ¡Verás cuando le vea a Sandie!

Joanna se vio obligada a alternar nuevamente con Murton.

Russ, el capataz de Murton, se presentó con sus

compañeros, a última hora... Ninguno se atrevió a decir nada de la muchacha, por temor a su patrón.

Murton, acompañado de Donald y la muchacha, siguieron bebiendo champaña. Cerca ya de la medianoche Murton dijo a Donald que cargaran a su cuenta toda la bebida que les habían servido, y salió con la muchacha a dar un paseo.

Ambos respiraron con profundidad, al verse en la calle.

—Hace un calor horroroso ahí dentro —dijo la muchacha—. Aquí se está bien.

—Ven conmigo.

—¿Dónde me lleva?

—Conozco un lugar junto al río, que te gustará. Está muy cerca.

Pasearon en silencio por la orilla del río. A Joanna le gustó mucho aquel lugar.

—¡Es maravilloso! —exclamó.

—¿Te convences? Aquí suelo venir a veces por la noche. Dentro de muy poco, si no hacemos ningún ruido, presenciaremos un bonito espectáculo.

—No comprendo.

—Te lo explicaré. Esta parte del río está poblada de preciosas nutrias.

Estuvieron unos cuantos minutos sin hablar.

Murton fue el primero en descubrir los primeros animales.

Joanna seguía sus juegos, resultándole encantador todo aquello. Pero poco después, las nutrias se dieron cuenta de su presencia y huyeron.

—Se han escondido todos.

—¡Es un espectáculo precioso! Adoro a todos los animales.

Quedaron ambos en silencio hasta que Joanna, comentó:

—Se ha hecho muy tarde. Debemos regresar.

—¿Es que no estás bien aquí?

—Estupendamente, pero hay que descansar.

—Puedes tumbarte sobre la hierba. Es donde mejor se está ahora. Dentro de las casas tiene que hacer mucho calor.

A pesar de todo lo que le decía Murton, la muchacha le convenció para marchar.

En cuanto se vio libre de su compañía, respiró con tranquilidad.

En el saloon continuaban divirtiéndose.

Donald estaba furioso por la marcha de la muchacha pero en cuanto vio a Murton, se mostró amable con él. Le preguntó:

—¿Qué tal lo has pasado?

—Es una muchacha realmente encantadora... Mañana por la mañana irá al rancho. Quiere conocer esos magníficos ejemplares de los que tanto ha oído hablar.

—Iré yo con ella.

—No vayáis muy tarde. Para que tenga tiempo de poder verlo todo.

—¿Te marchas?

—Sí. Yo también necesito descansar un poco.

Donald no se atrevió a molestar en toda la noche a Joanna a pesar de que Murton ya se había marchado. Pero preparó con Sandie, el nuevo plan a seguir con la muchacha.

—¡No conseguirás nada, Donald...! Como Murton se haya encaprichado de ella, no servirá de nada cuanto hagamos. Y me parece que Murton va en serio con ella.

—¡No digas tonterías! ¿Es que no le conoces?

—Ya veremos. Yo también voy a descansar. He tenido un día muy agitado.

Capítulo 2

—Es mejor que te quedes aquí, Ingrid. Iré con esos hombres hasta uno de esos locales de diversión, de los que tanto se habla en el Este.

—Ten cuidado, papá. No bebas demasiado.

—Tranquilízate.

Sonrió la muchacha, y besó, cariñosa, a su padre.

Tom Haycox, se marchó al saloon de Donald Smith... Iba acompañado del grupo que quería trabajar para él. Tenían que ponerse de acuerdo.

Los consejos que el sheriff le había dado le resultaron muy útiles... Entendía poco de aquellas cosas, por eso le parecían todos buenos cowboys.

—El sueldo está un poco bajo, patrón.

—Por ese dinero yo no estoy dispuesto a trabajar para nadie —agregó otro.

Haycox, creyendo que ninguno se quedaría con él, dijo:

—He pagado demasiado por esas tierras... Hasta que no vendamos la primera partida de ganado no contaré con dinero para poder pagaros, pero puedo aseguraros que, dentro de poco, tendrá mucha más fama nuestra ganadería que la de mister Coartenay.

Varias carcajadas siguieron a este comentario.

Un cowboy mal encarado se dirigió a Haycox y le dijo:

—Tenga mucho cuidado con lo que dice... Usted es del Este y no entiende nada de esto... Procure no volver a mencionar ese nombre que acaba de nombrar porque Murton Coartenay es mi patrón... Lo primero que debe hacer es comprarse unos «Colts» para poder salir a la calle.

—No he usado jamás armas.

—Aquí es necesario hacerlo, amigo.

—¿Amigo? Pero si es la primera vez que nos vemos. ¡Tiene gracia!

—En esta tierra no andamos con tanta tontería. Ya se irá acostumbrando. ¿Y quiere dedicarse a la cría de ganado? Le compadezco. Y, además, caballos...

Se echó a reír escandalosamente.

—No se ría. Podría demostrar en cualquier lugar que entiendo de caballos más que cualquiera de ustedes.

—¿De veras?

El cowboy de Murton se marchó riendo.

Donald, que les había estado escuchando, se acercó y dijo:

—Discúlpeme, mister Haycox... Pero no vuelva a mencionar lo que ha dicho hace un momento, referente a los caballos... Cuando vea los magníficos ejemplares que hay en el rancho de Murton pensará de muy distinta manera, si es que realmente sabe distinguir un buen caballo.

—Me ofenden mucho sus palabras, mister Smith. Soy una de las personas que más entiende de caballos de la Unión.

—¡Hum...! Estoy seguro de que se complicará la vida.

Y se retiró, al decir esto.

Haycox continuó hablando con aquellos hombres. Al final se pusieron de acuerdo.

Cuando la hija de Haycox se enteró de lo que le había pasado a su padre, se preocupó, pero cuando supo la intención que el viejo tenía, se opuso rotundamente a sus deseos.

—¿Para qué quieres las armas?

—Para tener algo en el rancho con lo que poder defendernos en caso de necesidad. Ha sido el sheriff quien me ha pedido lo haga.

—¿El sheriff?

—Sí.

—¡Pero si no has disparado desde hace muchos años...!

—Eso cierto. Pero sé disparar.

—Pero ha pasado mucho tiempo y ahora eres mayor.

—Con un poco de práctica volveré a ser buen tirador... Cuando estemos en el rancho, te haré alguna demostración. Verás lo que soy capaz de hacer con un rifle en la mano.

—Mister Coartenay espera nuestra visita. Es mejor que pasemos a recoger al sheriff.

El de la placa continuó insistiendo en que Haycox debía comprar armas, por lo que antes de visitar el rancho de Murton se pasaron por un almacén cuyo propietario era muy amigo del sheriff, e hizo una buena rebaja en lo que Haycox compró.

Al llegar se encontraron con Joanna que también visitaba el rancho de Murton.

Ingrid saludó cariñosa, a la mujer que acababan de presentarle, y se marcharon a ver los caballos.

Como el sheriff conocía el rancho, se encargó de acompañar a los Haycox.

Todos los caballos que vieron eran de extraordinaria calidad.

—Ahora vamos a ir a visitar las cuadras donde se

encuentran los caballos favoritos del rancho —dijo el sheriff—. Supongo que los hombres encargados de cuidarles no nos pondrán impedimentos.

Tropezaron con un gran problema, que al sheriff se le había pasado por alto, y que se trataba que no había solicitado permiso en la casa para poder entrar en las cuadras.

—Sabe las costumbres del rancho, sheriff. Sin un permiso del patrón, no podrán pasar a ver los caballos favoritos.

—Nos dijo que podíamos recorrer todo el rancho... Este hombre, precisamente, es el propietario de las tierras vecinas, y tiene interés en ver los caballos que están ahí dentro.

—Hable con el patrón, y que le entregue el permiso... Créame que lamento no poder hacer otra cosa.

—¿Dónde podemos encontrarle ahora?

—Me imagino que estará en la casa.

—Iba a salir con esa muchacha.

—Por allí vienen. Están de suerte.

Murton ordenó a sus hombres que no pusieran ningún impedimento a los Haycox, y entraron todos juntos en las cuadras.

Tom Haycox escuchaba con atención todo el historial de cada uno de los caballos, pudiendo comprobar que Murton sabía lo que hacía.

Dos horas más tarde, abandonaron el rancho.

El sheriff, al llegar a la ciudad, visitó su oficina, informándole uno de sus ayudantes que no había novedad de ninguna clase.

Cuando se separaron del sheriff, Ingrid dijo a su padre:

—No has invitado a comer al sheriff, papá.

—No se me ha ocurrido.

—Su oficina no está muy lejos. Podemos pasar por ella.

No tardaron en presentarse en la oficina del sheriff.

—¡Me han cogido por casualidad! Estaba

recogiendo para marcharme.

—Queremos que coma con nosotros.

—Así es, sheriff. Se me olvidó decírselo antes.

—No necesita disculparse, mister Haycox. Habla como si fuera una obligación por su parte. Conmigo están cumplidos.

—¿Le importa que comamos en su compañía?

—En absoluto... Todo lo contrario. Suelo ir a comer a un bar que hay casi al final de la calle... Su propietario se llama Steve Calwell. Su esposa está considerada como mejor cocinera de Phoenix. Es una gran lástima que sea tan pequeño su negocio, me refiero a la capacidad del establecimiento.

—¿Has oído? Mi estómago empieza a «enfadarse».

—Papá, ¿qué va a pensar de ti el sheriff?

—A mí me ocurre lo mismo, miss Haycox. Mi estómago parece una caja de música.

Empezaron a reír los tres con ganas.

Ingrid, al entrar en el bar, se fijó detenidamente en las mesas, así como en las demás cosas que adornaban el reducido comedor.

Observó algo, que fue lo que más le agradó... La gran limpieza del establecimiento.

Steve Calwell fue presentado por el sheriff, viéndose seguidamente obligado a ir en busca de su esposa e hija a la cocina.

—Aquí estamos toda la familia —dijo el viejo Steve—. ¿Cómo ha dicho que se llama su hija, mister Haycox?

—Ingrid... Creo que vamos a ser buenos clientes mi hija y yo... A los dos nos agrada mucho este establecimiento... En particular, lo que más ha llamado nuestra atención es la limpieza.

—Pueden sentarse. Yo misma les atenderé.

Annette, que así se llamaba la hija de Steve, regresó con su madre a la cocina.

La comida resultó sabrosísima, repitiendo el mismo plato el padre de Ingrid.

—Estás comiendo demasiado, papá.

—Estoy muy tranquilo. Déjame comer en paz.

—Recuerda lo que te dijo el doctor, en aquella ocasión.

—Ya estás echando a estropear mi digestión.

—El comer es sano —dijo Annette.

—A mi padre le hace daño comer en exceso, Annette. Aunque pida más, no le sirvas.

—Es horrible tener que vivir así. No te enfades, Ingrid. Te prometo que no probaré más bocado hasta la cena.

Annette tuvo que atender a los demás comensales, disfrutando al escuchar todos los comentarios que hacían.

Se presentó en la cocina y dijo a su madre:

—Has tenido un nuevo acierto, mamá. Tu comida ha sido un éxito.

—¿Cuántas comidas has servido?

—Cincuenta. Está el salón completamente lleno.

—Si tuviéramos un local más grande...

—¿Para qué más? Ganamos lo suficiente con el que tenemos. Si tuviéramos un local más grande, tendrías que empezar a cocinar a las cinco de la mañana.

—¿Qué hace tu padre?

—Está en el mostrador, despachando bebida.

—Ya es hora de que comamos nosotros. Supongo que no quedará mucha gente en las mesas, a juzgar por los platos que has ido trayendo.

—Ahora está muy tranquilo. La mayoría se han marchado.

—Ve y dile a tu padre que venga a comer. Puedes atender un momento el mostrador.

La muchacha habló con su padre.

—Comed vosotras primero. Yo no tengo apetito.

—Mamá me ha dicho que vayas a comer.

—Es que...

—Ve y díselo a ella.

—¡Está bien! Haré lo que vosotras digáis.

—Espera un momento, ¿cuántos whiskys te has bebido? La verdad.

—¿Por qué dices eso?

—No has respondido a mi pregunta.

—Pues no sé. Dos o tres...

—Procura que mamá no se dé cuenta.

Steve penetró en la cocina, pidiendo la comida nada más entrar.

—Ten un poco de paciencia, Steve. También tu hija y yo estamos sin comer, y no nos apresuramos tanto. Resulta extraño en ti que tengas tanto apetito.

Comió con ganas, dando con ello una gran alegría a su esposa.

—¿Te convences, Steve? El día que no bebes tanto, comes mucho mejor. Es lo que vengo observándolo hace tiempo.

—Atenderé el salón mientras Annette come. Hay que ver cómo trabaja todos los días.

—Es cierto.

—También tú.

—Eres el único que no ha dicho nada de la comida.

—Extraordinaria. Como todas las que tú preparas.

En cuanto su esposo abandonó la cocina, comentó la madre:

—Es un caso.

Annette comió con rapidez y con muchas ganas.

—No me extraña que los clientes salgan tan contentos. Para mí es una de las mejores comidas que has preparado. La repetiremos de vez en cuando.

—¿Han dicho algo los Haycox?

—Ya te conté que el padre repitió... Su hija tuvo que recriminarle para impedir que coma tanto. Creo que le prohibió el médico comer en exceso.

—Cuando se come con apetito, nada hace daño... Me da la impresión que no van a estar en Phoenix mucho tiempo. Ellos están acostumbrados a otra clase de vida. Dudo que ese hombre entienda de caballos.

—Pues yo siempre he oído decir que los mejores

preparadores estaban en el Este.

—No lo creo… ¿Quieres más?

—Me he quedado muy bien.

Quedaban tres clientes en las mesas, además de los Haycox y el sheriff.

Llamaron a Annette, y se encargó de cobrar a los tres.

Daba las gracias siempre que dejaban una propina para ella. Con sus ahorros o, mejor dicho, con el dinero que sacaba de las propinas, era con lo que compraba los libros, que ya no sabía dónde guardar.

Ingrid hizo buenas migas con Annette, bastando el par de horas que habían estado hablando aunque a ratos, para hacerse buenas amigas.

—Es una lástima que nuestro rancho esté tan lejos de la ciudad —decía Ingrid—. Si estuviera más cerca, podrías hacernos alguna visita de vez en cuando.

—No puedo dejar a mis padres solos. A ti te será mucho más fácil venir a verme.

—Por las tardes puedes hacer alguna escapada. He oído decir a tu padre que servís las cenas tarde.

—Ya veremos. Lo que hace falta es que tengáis suerte con el ganado… Los mejores caballos de la comarca los posee Murton Coartenay.

—Estuvimos en su rancho. Hay ejemplares magníficos en esa ganadería. Dudo que mi padre, a pesar de sus grandes conocimientos, consiga superar a los de ese rancho.

Empezó a reír Annette.

—Supongo que no hablas en serio.

—¿Por qué no?

—Sabrás lo que es el rancho de Murton, cuando lleves una temporada en Phoenix. Conocerás a los hombres que más entienden de caballos… En particular, a un tal John Evans. Le llaman el «sabio».

—Creo que he oído ese nombre en alguna parte.

—No me sorprende. Ha estado varias veces en el Este.

En ese momento se acercó el padre de Ingrid a ellas, diciendo:

—Espérame aquí un momento, Ingrid. Voy a solucionar lo de esos hombres. Están dispuestos a sacarme más dinero.

—¿Cómo...?

—Se me olvidó decírtelo... Quieren que les pague setenta dólares mensuales, por lo menos.

—¡Es una barbaridad! —exclamó Annette—. Ni Murton paga tanto a sus vaqueros, y eso que están considerados como los mejor pagados.

—Confío en que podamos llegar a un acuerdo, ¿me acompaña, sheriff?

—Tenga cuidado, Tom. Conozco muy bien a los hombres que va a contratar. Es un grupo de vagos.

El sheriff le acompañó hasta la puerta del saloon de Donald, donde se despidieron, deseándole suerte el de la placa.

Se reunió Tom con los hombres que le estaban esperando. Comenzaron a discutir sin que, una hora más tarde, llegaran a un acuerdo.

—Tendré que buscar vaqueros en otro lugar. No es nada justo lo que exigís. Cuando lleguemos al rancho, sufriréis unas pruebas.

—¿En qué consistirán? Supongo que no pretenderá sepamos bailar como lo hacen ustedes los del Este.

Todos se echaron a reír.

Tom no concedió importancia a aquellas risas. Luego dijo:

—Necesito hombres que sepan lo que es un caballo... Sobre esto serán todas las pruebas.

Capítulo 3

—¡Eh, muchachos! ¡Mirad! El amigo Haycox ha conseguido formar un equipo con ese grupo de vagos.

—¿A quién han nombrado capataz, Russ?

—Creo que a Olson.

—¿De veras?

—Acerquémonos y lo sabremos.

Los hombres de Murton entraron en las tierras de los Haycox.

Olson Hope, hombre a quien Tom había confiado la plaza de capataz, se puso muy nervioso al ver a los hombres de Murton.

—Hola, Olson —saludó Russ, el capataz de Murton.

—Hola, Russ. ¿Qué os trae por aquí?

—Formáis un bonito equipo. Me han dicho que te han nombrado capataz.

—Así es.

—Eres un hombre de suerte. Con tus amplios conocimientos, muy pronto se hablará de la ganadería de este rancho.

Se echaron a reír los compañeros de Russ.

—Estás ofendiendo a Olson, Russ. Debes pensar que es capataz como tú.

—Es cierto. ¿Cuánto te pagan, Olson?

—Estáis interrumpiendo nuestro trabajo.

—¿Qué os dije? Nuestro amigo Olson se ha molestado.

Uno de los compañeros de Russ empujó violentamente al capataz de Haycox.

Los vagos, nombre con el que habían bautizado al equipo de aquel rancho, no se atrevieron a mover un solo músculo.

—¿Qué te ha pasado, Olson? Ten cuidado.

Con la frente cubierta de sudor, se puso en pie y escuchó en silencio los insultos que profirieron los cowboys de Murton.

Estos, antes de abandonar las tierras de Haycox, espantaron a los caballos, que se marcharon en distintas direcciones.

Media hora más tarde, era informado Tom por uno de sus hombres:

—Los caballos se han espantado, patrón.

—¿Qué estás diciendo?

—No hay forma de dominarlos.

Montó a caballo y se personó en el lugar del suceso.

Olson no se atrevió a decir la verdad, y puso como pretexto que una serpiente de gran tamaño, a la que no habían conseguido dar caza, fue el motivo por el que los caballos se espantaran.

Dos horas más tarde consiguieron reunir a los caballos, que ya estaban mucho más tranquilos.

Olson era el que llegó a la casa más furioso.

Cuando el cocinero les sirvió la cena, escuchó una extraña conversación entre dos de los vaqueros, y apretó con fuerza los puños.

Niven, que así se llamaba el cocinero, y que había trabajado como tal en el rancho de Murton, en cuanto los muchachos se marcharon a la ciudad, informó a su jefe.

—¿Estás seguro, Niven?

—Deba creerme, patrón. Soy de esas personas que no saben mentir. Lo que acabo de contarle se lo escuché a esos dos a los que acabo de referirme.

—¡Maldición! Lo pondré en conocimiento del sheriff. La próxima vez que vuelvan a pisar mis tierras los hombres de Murton, sin mi consentimiento, exigiré a su patrón que pague los daños que me ocasionen.

—Permítame que le dé un buen consejo, Tom: me he criado en esta tierra, y conozco perfectamente cómo funcionan todos los organismos en Phoenix. No conseguirá nada por ese sistema. Murton es demasiado influyente.

—No me importa. Supongo que habrá abogados en Phoenix.

Niven trató de convencer a su patrón.

Durante más de una hora continuaron con lo mismo hasta que, finalmente, Tom se decidió a ponerlo en conocimiento del sheriff.

Visitó la oficina de éste, y contó lo que había ocurrido en sus tierras, con los hombres de Murton.

—Hablaré con Murton... Estoy seguro de que sus hombres lo van a negar, por lo que no conseguiremos nada, pero es muy probable que Murton no sepa nada de todo esto.

Murton llevaba una temporada ausente de sus negocios... Por las tardes se dedicaba a pasear con Joanna por la orilla del río.

Una tarde recibió Donald la noticia que, de un momento a otro, estaba esperando. Se lo comunicó, el propio Murton.

—¿Estás seguro de no cometer una equivocación?

—Completamente seguro, Donald. Es la mujer que me interesa. No es como todas las demás.

Mañana a primera hora hablaré con el juez. Voy a casarme con Joanna.

—¿Eh?

—¿Qué te sorprende?

—¡No puedes hacerme eso! Sabes que firmó un contrato que...

—Olvida ese contrato, Donald. Estás hablando conmigo, ¿es que no te das cuenta?

Forzó una sonrisa Donald.

Aquella extraña mueca fue motivo para que Murton riera con fuerza.

—No te molestes, pero creo que debías pensarlo mejor.

—Ya lo he pensado.

—No conoces a esa mujer y...

—¡Cuidado! ¡Guarda tu sucia lengua...!

—¡Murton! ¡No he querido ofenderte...!

—Procura hablar en lo sucesivo con más respeto de esa mujer... Se convertirá, dentro de poco, en la más respetada y envidiada de Phoenix.

—Has interpretado mal mis palabras. Sé que Joanna es una buena muchacha, y que te hará muy feliz, pero trataba de evitar...

—Jamás he consentido que nadie se meta en mis asuntos particulares. Continuaremos siendo buenos amigos. Mañana me acompañarás hasta la casa del juez.

—Desde luego, Murton.

—Gracias.

Se puso en pie, y dio media vuelta.

Aquella misma noche fue anunciada la noticia a los clientes.

Se hicieron algunos comentarios muy en privado, referentes a la extraña decisión que había tomado el famoso ganadero de Phoenix.

Joanna recogió todas sus cosas y se hospedó en el mejor hotel, por indicación de su prometido.

Salía éste del saloon cuando fue abordado por el sheriff, a quien acompañaba Tom Haycox.

Saludó con agrado a ambos.

—Venga a mi oficina, mister Coartenay. Es preciso que hablemos —dijo el sheriff.

—¿Ocurre algo?

—Mister Haycox ha tenido problemas con sus hombres.

—¿Habla en serio?

—Sí. Estuvieron en mis tierras, provocando a mis vaqueros.

Contó, sin rodeos, lo sucedido.

El sheriff se dio cuenta de inmediato de que Murton no sabía nada, cosa que él mismo también lo aseguró.

Para evitar que los curiosos se enteraran, se marcharon a la oficina del sheriff, donde continuaron hablando de lo mismo.

—Le prometo que mis hombres le darán una satisfacción, mister Haycox. Tan pronto como llegue al rancho, si es que antes no me encuentro con mi capataz, hablaré con él.

Tom y Murton se despidieron como amigos.

—Parece un buen hombre —dijo Tom, una vez que Murton se marchó.

—Y lo es, en el fondo. No volverán a molestarle sus hombres.

—Así lo espero —dijo el viejo, respirando con profundidad.

Y cuando Murton se dirigía al hotel en el que se hospedaba la mujer con la que iba a casarse, descubrió a varios de sus hombres.

Desmontaron todos ante el saloon de Donald, sorprendiéndoles en la puerta.

—¿Venís ahora del rancho?

—Hola, patrón —saludaron—. Sí, de allí venimos

—¿Dónde se ha quedado Russ?

—Tenía una cita en no sé qué lugar... Ya sabe.

—Id en su busca.

—No será fácil dar con él.

—¡No perdáis tiempo!

Dos de los vaqueros montaron nuevamente a caballo y regresaron al lugar donde se habían despedido del capataz.

Este se reunía en aquel momento con una muchacha conocida en la ciudad. Al ver a sus compañeros, se sorprendió mucho.

—¿Qué hacéis aquí?

—Perdona, Russ. El patrón quiere verte ahora mismo

—¿Ahora?

—Sí.

—Decidle que...

—Nos pidió que te buscáramos urgentemente.

—¿Ocurre algo?

—No sabemos nada.

Miró, cariñoso, a la muchacha y dijo:

—No voy a tener más remedio que ir... Vendré más tarde a buscarte.

—Si vas a tardar mucho, lo dejaremos para mañana. Mi madre no podrá engañar a mi padre cuando llegue.

—Bah, eso no tiene importancia. Hablaré con él, si es preciso. Me conoce bien.

—Prefiero que no lo hagas. Es mejor que dejemos nuestra cita para mañana.

—Duerme tranquila. Mañana vendré algo más temprano.

La besó, cariñoso, y se reunió con sus compañeros, y les dijo:

—¡Sois unos idiotas! ¡Pudisteis decir al patrón que no me habéis visto!

—Está muy enfadado. Algo debe ocurrirle.

—No comprendo.

—Tampoco nosotros, Russ.

Caminaron los tres, preocupados.

Murton les estaba esperando ante la puerta del saloon.

Russ saludó como de costumbre a su patrón.

—Pues me ha estropeado una pequeña fiesta... —dijo—. He tenido que aplazar mi cita para mañana.

—¿Qué ha ocurrido con los hombres de mister Haycox?

Palideció visiblemente el capataz, así como los compañeros que estaban a su lado.

—No le comprendo, patrón.

—Vamos. El viejo Haycox y el sheriff estuvieron hablando conmigo.

—¡Ah, sí! Bueno, en realidad no ha pasado nada.

—¡Eres un embustero, Russ...! ¡Te advertí en una ocasión que no quería tener más problemas con el sheriff...! Dejad tranquilos a esos hombres, si es que deseáis continuar trabajando en mi rancho. La próxima queja que me llegue bastará para despediros. Eso es todo. Podéis marcharos.

Se volvió con rapidez, y les dio la espalda.

Russ apretó con fuerza los puños.

—¡Malditos...! —murmuró—. ¡Los muy cobardes se han atrevido a denunciarlo en la oficina del sheriff...!

—No han sido ellos, Russ.

—¿Quién lo ha hecho, entonces?

—El viejo Haycox. Mientras éstos han ido a buscarte, se lo oímos decir al patrón.

—¡Le pesará!

—No cuentes con nosotros.

Rugiendo como una fiera, se acercó Russ al que había hablado.

—¡Repite lo que acabas de decir!

—Tranquilízate, Russ. Piensa en lo que el patrón acaba de ordenar.

—El patrón, ahora, no piensa más que en esa mujer con la que va a casarse... Veréis como cuando pase algún tiempo, no piensa igual.

—¿Entramos?

—Yo voy a dar un paseo. Si entro, y tropiezo con alguien, no sé si podré contenerme. ¿Visteis alguno a Evans? Decidle, si es que está ahí dentro, que mañana vaya temprano al rancho... Tendrá que hacer unas pruebas con esos caballos que ha traído Bixby. Ya oísteis lo que dijo.

—Evans no los ha visto todavía. Ya veremos lo que él piensa.

—Sin embargo, el patrón los ha comprado sin esperar la opinión de Evans, como en otras ocasiones.

—¿Por qué no entras con nosotros, Russ?

—Prefiero dar un paseo. Más tarde me reuniré con vosotros.

Se despidió el capataz.

Montó a caballo y se dirigió hacia la parte más lejana del río.

Dos horas más tarde, con los nervios más tranquilos, regresó al salón, donde sus compañeros se divertían como de costumbre.

Sandie sonrió al verle.

—Hola, capataz.

—No te había visto, Sandie. Está muy animado el salón.

—Y eso que falta la muchacha más solicitada de la casa.

—Procura que mi patrón no te oiga.

—Me tiene sin cuidado. Joanna ha tenido más suerte que ninguna de nosotras. Hace algunos años, yo estuve a punto de conseguir lo que ella... Veremos si tu patrón no se arrepiente todavía.

—Lo dudo. Está muy animado. ¿Bailamos?

—Lo haría de buena gana, pero sabes que la encargada no baila con nadie.

—Es una lástima que pierdas tanto tiempo, Sandie. Todavía eres joven y...

—Te aceptaré una invitación, eso sí.

Se dirigieron al mostrador.

El barman les atendió inmediatamente, y cuando Russ se disponía a pagar el importe de lo que habían consumido, dijo la encargada:

—Déjalo, Russ... La casa invita.

—¡Vaya!

—Si es que no te molestas.

—Todo lo contrario, Sandie... Me agrada escuchar lo que acabas de decir. ¿Podemos repetir?

—Esta vez por tu cuenta.

Sandie bebió ahora un refresco, y Russ, un doble

de whisky.

Antes de pagar, Sandie se marchó de su lado.

El barman le indicó, con una seña, que no hiciera intención de pagar, y Russ le guiñó un ojo.

Se reunió con sus compañeros, con los que estuvo divirtiéndose hasta altas horas de la madrugada, hora en que abandonaron el local.

Algunos ya dormían tranquilamente cuando se presentaron en el rancho.

—Voy a echar un vistazo a las cuadras. No tengo sueño.

Ninguno hizo intención de acompañarle.

Los encargados de cuidar los caballos agradecieron la visita... Sorprendió a uno de ellos durmiendo, y le despertó bruscamente.

—¿Qué ocurre? —exclamó, sobresaltado.

—Así no se puede vigilar...

—Hola, Russ. Simplemente tenía los ojos cerrados.

—Estabas dormido. ¿Alguna novedad?

—Ninguna.

—Mañana vendrá Evans a probar esos caballos... Creo que el patrón ha hecho una mala compra.

—Me alegro de que hables así. Es lo que pensamos nosotros también. Habéis vuelto muy tarde.

—Yo no tengo sueño.

—Como Evans se presente a la hora de costumbre, tendrás que madrugar mañana, y es cuando lo notarás.

—Estoy muy acostumbrado a pasar las noches enteras sin dormir. ¿Sabes lo que me apetece ahora? Jugar una partida de póquer.

—¿A estas horas?

—¿Tenéis un naipe?

—Hemos estado jugando hasta hace un momento. Ese tiene uno; pero ten cuidado, se conocen algunos naipes.

Russ revisó el naipe, comprobando que era

cierto lo que acababa de decirle.

—¿Quién lo ha preparado?

—No está preparado, Russ. Lo que ocurre es que ya está demasiado viejo.

—¿Jugamos?

—Déjanos descansar un poco. Es muy tarde.

El capataz regresó a la vivienda.

Capítulo 4

Joanna lucía un vestido de los más bonitos de la época.

Daba la impresión de que la ciudad celebraba sus fiestas anuales, siendo anunciados varios ejercicios vaqueros, patrocinados por Murton, con motivo de su enlace con la bella y joven muchacha.

Los personajes más influyentes de Phoenix esperaban con impaciencia que la corta ceremonia terminara.

Cuando llegó a su fin, Murton besó a su esposa, en presencia de numerosos testigos, siendo muy aplaudidos.

Sandie, muy envidiosa, manifestó todo su rencor en la primera oportunidad que se le presentó. Le dijo:

—Tu suerte es incomprensible, Joanna. Llevas unas pocas semanas en Phoenix, y has conseguido lo que ninguna hemos podido alcanzar.

—Soy muy feliz, Sandie... Ya ves con qué facilidad cambia la vida... A quien no he visto es a mister Smith.

—Está con tu esposo.

—¿Qué te ocurre?

—Nada.

—Pareces disgustada.

—No. Son figuraciones tuyas.

—Dime la verdad.

—Te repito que no pasa nada.

—Voy a echarte de menos. Espero que me hagas alguna visita de vez en cuando.

—Si tu esposo me lo permite.

—¿Por qué no?

—Pregúntaselo a él.

—No consigo comprenderte.

—Ve a quitarte esa ropa. Tu esposo vendrá de un momento a otro a buscarte.

—Tardaré unos minutos.

Se cambió de ropa con rapidez, apareciendo nuevamente en el lujoso salón del hotel, donde Sandie continuaba esperando.

—Ya estoy aquí.

—No pareces la misma con esa ropa.

—Resulta mucho más cómoda. Los ejercicios vaqueros van a dar comienzo dentro de poco. Resultarán, entretenidos... Mi esposo piensa hacer una pequeña exhibición con dos de los últimos caballos que mister Evans ha preparado.

—Han de ser buenos ejemplares.

—Lo mejor de la ganadería del rancho. Ya vienen a buscarme.

Murton entró en el salón. Venía acompañado de varios amigos, a los que Joanna se vio obligada a saludar.

Sandie se retiró, no sin antes dirigir una mirada rencorosa a Murton. Éste, que se dio cuenta, pero no hizo el menor comentario.

Unas horas más tarde, el lugar donde iban

a celebrarse los ejercicios vaqueros estaba completamente lleno.

Tom y su hija Ingrid ocupaban un puesto cómodo, acompañados de Steve Calwell y su hija.

—Ahora, tendrás oportunidad de contemplar los mejores caballos de Arizona, cuando terminen los ejercicios vaqueros —decía ésta.

—Mi padre está deseando que llegue el momento... A pesar de ser del Este, entiende mucho de estas cosas, Annette. Ya lo verás.

—¿Es cierto que habéis comprado una partida de caballos?

—Sí... Ayer.

—¿Qué tal?

—Mi padre todavía no ha dicho nada. De presencia no están mal, según él.

—Los cazadores que os vendieron esa partida de pencos, estuvieron cenando en casa.

—¡Annette!

—¡Por favor, Ingrid...! Que no nos oigan nuestros padres... Escuché los comentarios que hacían esos hombres, mientras comían. Os han engañado.

Ingrid se puso nerviosa.

—No es cierto.

—Escucha... Te contaré lo que oí...

Ingrid escuchó con atención.

El equipo de Murton terminaba una de sus exhibiciones.

Las jóvenes dejaron de hablar por los fuertes aplausos que los espectadores tributaban en aquellos momentos a los componentes del equipo que acababa de actuar.

Y llegó, por fin, el momento tan esperado por Tom Haycox.

John Evans, considerado como uno de los mejores preparadores de caballos de todo el territorio, apareció con uno de los corceles anunciados por el sheriff, de la brida.

Tom contempló con atención a los dos ejemplares.

—¿Qué te parecen? —preguntó en voz baja Steve.

—Tienen excelente presencia.

—Verás cuando les veas correr.

Fue anunciado el recorrido.

Evans, hombre sobradamente conocido en Phoenix, habló con los dos jinetes que iban a montar los caballos favoritos de Murton.

—Debéis causar buena impresión a Tom Haycox —decía el técnico—. Allí le tenéis, acompañado de Steve y de su hija. Desde que hemos llegado con esos animales, no nos ha quitado la vista de encima.

Se echaron a reír los dos jinetes.

—Dime una cosa, Evans, ¿crees que ese hombre entiende de esas cosas?

—Es posible que en su tierra tuviera fama como tal. A mí me da la impresión de que no tiene la menor idea.

Terminaron riendo los tres.

Se acercó el sheriff a ellos y dijo:

—Preparaos. La carrera va a dar comienzo.

—¿Qué carrera? Querrá decir la exhibición. ¿O es que participa alguien más?

Les dio la espalda el sheriff, escuchando parte del comentario que hacían mientras se reían.

Se hizo un gran silencio, al ver a los dos jinetes pendientes de que el sheriff diera la señal. Esta consistía en un disparo al aire, que seguidamente fue escuchado.

—Fíjate bien en esos caballos —decía Murton a su joven esposa—. Es lo mejor que tenemos en el rancho.

Se pusieron ambos animales al galope, aplaudiéndose con fuerza la exhibición que gratuitamente estaban realizando.

Así que terminó la prueba, y se dio a conocer el tiempo empleado en el recorrido, comentó Tom:

—No hay duda que son dos magníficos ejemplares, muy difíciles de derrotar en una carrera corta, como acabamos de presenciar.

Steve le miró, sorprendido.

—¿Corta, dices?

—No ha llegado a las cinco millas... En los lugares donde se celebran carreras que son importantes, el recorrido alcanza las seis millas.

—A esos animales les daría lo mismo.

—Yo no pienso igual.

—Procura que nadie te oiga. Esto ha terminado. Vámonos.

—Espera un momento. ¿Conoces al cowboy que está hablando con nuestras hijas?

Steve dirigió una mirada hacia el lugar en que se encontraban las muchachas.

—Sí. Es un buen amigo nuestro. Hacía unos cuantos días que no nos visitaba.

—¿Quién es?

—Se llama Ernest. Trabaja en un rancho que está muy cerca de aquellas montañas que tienes enfrente.

El joven cowboy saludó a ambos con agrado:

—¿Qué tal, Ernest?

—Nos enteramos por casualidad de esta pequeña fiesta, y suspendimos los trabajos para poder venir a presenciarla.

—¿Cómo está Bob?

—Muy ocupado, preparando las mejores cabezas para enviarlas por ferrocarril a los mataderos del Este.

—Hace más de dos semanas que no venís por la ciudad.

—Pronto estaremos liberados de tanto trabajo... Se están registrando más de veinte nacimientos diarios. El patrón está muy contento.

—Me lo imagino. Es uno de los hombres que tiene mucha suerte con el ganado. Si se dedicara a criar caballos...

—Dan muchos quebraderos de cabeza. Es mejor para todos que no lo haga.

—Pues el amigo Tom piensa dedicarse a ello.

—Le compadezco. Es muy difícil poder superar

la técnica que emplea el hombre que acaba de presentar esos dos magníficos ejemplares.

Sonrió Tom.

—Yo no lo considero así.

Ernest miró a su alrededor.

—Tiene mucha suerte que no le ha oído nadie… Procure no hablar así.

—¿Por qué?

—Steve se lo podrá explicar… Acompañaré a Annette y a su hija hasta la ciudad. Ya que estoy aquí, aprovecharé para comer en tu casa, Steve.

Tom estrechó la mano del joven quien, por cierto, le resultó un muchacho agradable.

Una hora más tarde, todo el mundo se dio cita en la ciudad.

Murton, acompañado de su radiante esposa, presidía la mesa de invitados, montada en el saloon de Donald, donde Pat Ferguson, el encargado de la Compañía del Ferrocarril en Phoenix, le entregó los billetes para él y su esposa.

—Aquí tienes, Murton. ¿Vais a estar mucho tiempo en Santa Fe?

—Bueno, eso dependerá de mi esposa. Regresaremos cuando ella se aburra.

Sandie escuchaba con envidia estas palabras.

—Por fin te han «cazado», viejo zorro.

—Joanna es una muchacha encantadora. Es la mujer que estaba esperando encontrar.

—Has decepcionado a muchas.

Se echó a reír Murton.

Descubrió a Sandie, y dijo a su esposa:

—¿Qué le ocurre a Sandie? Ni siquiera se ha acercado a la mesa.

—Estuve hablando con ella. Creo que está dolida conmigo.

—¿También tú te has dado cuenta…?

Volvió a reír Murton.

—No hace más que mirarte. Fíjate…

—Dile que se acerque.

Joanna abandonó su asiento.

Sandie forzó una sonrisa, al verla frente a ella.

—Mi esposo desea que te acerques a la mesa.

—Prefiero estar aquí, Joanna. Dale las gracias a tu esposo.

—Continúas estando enamorada de él, ¿verdad?

—¡Joanna!

—Me he dado cuenta. Además, él me lo ha dicho.

—¡Eso no es cierto!

—No es preciso que hables en ese tono, Sandie. ¡Ven conmigo...! Me gustaría que te sentases a mi lado.

No pudo negarse, y se sentó junto a los recién casados.

—¿Estás más tranquila, Sandie...? Russ es el hombre que te interesa. Sé que está muy enamorado de ti hace tiempo.

—¡Por favor, Murton! Ya no soy una niña, y sé lo que necesito.

—¿Cómo has podido pensar que podías casarte conmigo?

Palideció la muchacha.

—¡Yo no he pensado jamás que...!

—¿Qué te parece, Donald? —rio Murton, contagiando a todos los comensales.

—¡Eres un canalla!

—¡Sandie!

—¡Déjame en paz...! ¡Me prometiste en una ocasión que te casarías conmigo! ¿A qué no se lo has contado a tus amigos?

—¿Yo?

—Sí... No trates de engañar a nadie.

—Esta mujer se ha vuelto loca... Jamás te dije tal cosa.

Sandie guardó silencio. Y sin que nadie lo pudiera evitar, se retiró a sus habitaciones.

—Pobrecilla —decía Joanna —. No has debido hablarle así, querido.

—Lo que ha dicho no es cierto... Hemos sido buenos amigos siempre, pero nada más. Donald es quien lo sabe bien.

Donald corroboró las palabras de Murton.

Continuó la fiesta con gran animación hasta que se acercó la hora de la salida del tren. Los recién casados, sin despedirse, desaparecieron por la parte trasera del edificio.

Aquella misma noche se entrevistó Donald con Sandie.

—Eres una terca… —decía Donald —. Llevo más de un cuarto de hora insistiendo en esa puerta.

—¿A qué has venido?

—A verte.

—Déjame descansar. Es muy tarde.

Donald cerró la puerta.

—Murton no es el hombre que te interesa. Hay otras personas que te desean, y tú lo ignoras.

Sandie le miró con atención.

—Habla con más claridad.

—¿Es que no lo entiendes?

—Por favor, Donald. ¿Qué van a pensar de nosotros, si saben que estás aquí?

—No me ha visto nadie.

—Sal de esta habitación.

—No sin antes decirte lo que pienso de ti.

Comprendió en seguida Sandie lo que le ocurría a su jefe, y cerró los ojos… Este la rodeó con sus nervudos brazos y la besó ansioso.

—Soy el hombre que te interesa. Puedo convertirte en toda una dama, como ha hecho Murton con Joanna.

—¿Por qué no me lo has dicho antes, Donald? Tal vez haya sido mejor que Joanna se marchara de esta casa… Tú también andabas detrás de ella… Te he estado observando en muchas ocasiones.

—No digas tonterías, Sandie. Es a ti a quien quiero.

—Me estás poniendo nerviosa. Mañana hablaremos.

Volvió a besarla Donald, sonriendo cínicamente Sandie, al quedarse a solas.

—¡Me vengaré de ti, Murton! —murmuró para

sí.

Durante la noche, maduró su plan de venganza. Estaba dispuesta a sacrificar su vida, casándose con Donald, con tal de poder vengarse de Murton.

A la mañana siguiente, poco antes del amanecer, volvió a visitarla en su habitación.

—Eres un loco. Eso es lo que eres.

—Cuidado, pueden oírnos.

Cerró la puerta, y se sentó encima de la cama, donde ambos estuvieron haciendo los proyectos para el futuro.

—Joanna sentirá envidia de ti. Cuando nos casemos, no quiero que visites el rancho de Murton. No me fío de él.

—Eso quiere decir que tampoco confías en mí, ¿verdad?

—Sandie...

—Odio con toda mi alma a Murton. De haber sabido que tú...

—¡Cariño!

—Por favor, Donald.

—¡Oh, Sandie! ¡Te quiero! ¡Mi corazón está sangrando en estos momentos, de tanto quererte!

Fue ella quien le besó.

Pensaba que su venganza estaba muy próxima. Ahora estaba segura de que se casaría con aquel hombre, del que no le interesaba más que su dinero.

Capítulo 5

Era Sandie quien dirigía prácticamente el negocio de Donald, dedicando éste toda su atención a otra clase de asuntos, que le mantenían alejado del saloon la mayor parte de las horas del día.

Una tarde, Sandie se fijó con atención en el vaquero de alta estatura que sacudía sus ropas en la puerta, levantando una gran nube de polvo... Con el sombrero de ancha ala en la mano, entró en el local.

Sandie quedó pendiente de él.

Se acercó al mostrador, y pidió un doble de cerveza.

—Lo que necesitas es un buen baño, forastero. Procura no moverte mucho, o acabarás por intoxicarnos a todos.

—Sírveme lo que te he pedido. Mi garganta está igual que mi ropa, llena de polvo.

—El whisky te limpiará mejor.

—He pedido cerveza.

—¿Te hace daño el whisky?

—¿Quieres servirme de una vez?

—¡Un momento...! Sin tanta exigencia. Primero, quiero saber si llevas dinero en tus bolsillos.

—¡Adams!

El barman se volvió con rapidez.

—¿Deseas algo, Sandie?

—Atiende al forastero. Ya tenías que haberle servido la cerveza que ha pedido.

Se puso nervioso el barman, y sirvió la bebida.

—Muchas gracias.

—Me llamo Sandie.

—Gracias, Sandie. Mi nombre es Jesse, Jesse Alien.

—¿Cuántas semanas hace que no te cambias de ropa?

—He perdido la cuenta. Ni siquiera recuerdo de qué color era esta camisa.

Se echó a reír el alto cowboy.

—¿De paso?

—Eso depende... Traigo una partida de buenos caballos. Si consigo venderlos a buen precio, me quedaré una temporada... Me han hablado de un tal Murton Coartenay. Parece que posee una de las mejores ganaderías de Arizona.

—No está en la ciudad.

—¡Vaya! Soy hombre de mala suerte. Me quedan todavía unos cuantos dólares en el bolsillo. Esperaré a que llegue.

—Supongo que no regresará hasta dentro de unas cuantas semanas, por lo menos. Se acaba de casar y estará una temporada en Santa Fe, Nuevo México.

—Entiendo, pero para vender mis caballos, no hará falta que esté él. Habrá dejado a alguna persona de confianza en el rancho que...

—Ese hombre se llama John Evans.

—¿El famoso técnico de caballos?

—¿Le conoces?

—No. He oído hablar de él. Ignoraba que estuviera en Phoenix.

—Es quien se encarga de preparar los caballos de Murton.

—Entonces, será fácil entenderse con él. Me agrada tratar con personas que entiendan de estas cosas... También me hablaron de un hombre que ha llegado del Este hace poco y que, al parecer, se propone crear una de las mejores ganaderías de la comarca.

—¿Tom Haycox?

—Sí; ése fue el nombre que me dieron.

—Bah... Perderás el tiempo yendo a ese rancho.

—Es lo que pensé. ¿Dónde puedo ver a John Evans?

—No tardará en venir por aquí. ¿Qué hora es?

—¿Y me lo preguntas a mí?

Sonrió Sandie, y preguntó al barman la hora.

—Creí que era más tarde. Son las once, tendrás que esperar bastante. No vendrá hasta después de comer.

—Es precisamente lo que yo necesito, pero antes me daré un buen baño, si me dices dónde puedo hacerlo.

—Enfrente de esa puerta tienes un hotel, pero te cobrarán un par de dólares sólo por bañarte. Claro que encontrarás agua caliente.

—Revisaré primero mis bolsillos.

Sacó un puñado de billetes de uno de los bolsillos de la camisa, e hizo recuento.

—Iré a ese hotel. Supongo que con esto habrá más que suficiente para pagar lo que he bebido. ¿Puedo invitarte?

—Gracias, no alterno con los clientes.

—¿Eres la dueña?

—No, pero como si lo fuera.

—¿Puedo pedirte un favor?

—¿De qué se trata?

—Si viene ese hombre, dile que me espere...

Vendré después de haber comido... Los caballos que traigo valen la pena.

—¿Dónde los tienes?

—Los dejé a unas cinco millas de aquí. Así puedo moverme más tranquilo. He dejado mi caballo en el taller del herrador. Está sin «zapatos».

Jesse abandonó el local.

El encargado del hotel le exigió el pago por adelantado... Luego le indicó dónde podía bañarse con agua caliente.

Estuvo más de media hora metido en el agua.

Había pedido al encargado que fuese a comprarle un pantalón y camisa, previo pago. El empleado del hotel se lo llevó al mismo baño.

Se echó a reír, al ponerse la ropa nueva.

Apareció en el hall del hotel vestido con la ropa sucia mirándole muy sorprendido el encargado.

—¿Por qué no te has puesto la ropa nueva?

—¿Quién ha ido por ella?

—Un empleado.

—Ha traído ropa para un niño.

Fue cuando se fijó el encargado en la elevada estatura de aquel hombre.

—Dudo que encuentres ropa a tu medida. No me pareciste tan alto cuando llegaste.

—Es posible que el baño me haya hecho crecer... —dijo riendo—. ¿En qué almacén han comprado esta ropa?

—Está ahí mismo, pegado al hotel; según sales a la izquierda.

Dio las gracias Jesse, y se presentó en el almacén.

Dijo al propietario del mismo lo que había ocurrido y se probó otros pantalones y otra camisa.

Se encontró muy favorecido, al mirarse al espejo.

—Esto es otra cosa —comentó en voz baja.

Salió del probador, y dejó la ropa sucia sobre el mostrador.

—Has tenido suerte —le dijo el dueño del almacén—. Si no llega a valerte esa ropa, no habría podido servirte. ¿Qué hacemos con esto?

—Tirarlo donde no estorbe.

—Una vez lavada, quedará bien... Por un par de dólares, podrás venir mañana por la tarde a recogerla.

—De acuerdo. Si cree que vale la pena, hágalo.

—Quedará como nueva, ya lo verás.

—Le advierto que como la encuentre rota, tendrá que quedarse con estas dos prendas porque no me haré cargo de ellas. ¿Dónde puedo comer?

—Creí que conocías la ciudad... Hay muchos sitios... El mejor está al otro lado de la calle, casi al final. Es un bar que lleva el nombre de Steve Calwell... Tendrás que darte prisa o, cuando llegues, encontrarás todas las mesas ocupadas.

Dio las gracias y se marchó.

Varios de los comensales se le quedaron mirando, al entrar en el bar. Vio una de las mesas desocupadas, y tomó asiento.

Minutos después, le atendía Annette.

—¿Qué vas a comer, forastero?

—Cualquier cosa... Mi estómago está tan «enfadado» que como no le dé pronto algo, no sé lo que va a ocurrir.

Annette le dio a conocer el «menú».

Jesse, sin preocuparse de los que estaban a su lado, comió con gran apetito. Pidió otro plato de lo mismo, que devoró con rapidez.

Ahora se sentía mucho más optimista.

—Hacía tiempo que no comía algo tan sabroso. Tenía razón el del almacén. Se come estupendamente en esta casa. Si consigo vender mis caballos y encuentro trabajo, me voy a quedar una temporada en Phoenix. Estoy cansado de rodar por las montañas.

Annette comprendió en el acto que se trataba de uno de los muchos cazadores de caballos que visitaban el bar.

—¿Hubo suerte? Me refiero a los caballos.

—¡Ah, sí! Todavía no se me ha resistido ningún caballo en las montañas.

—Conocerás, entonces, a un famoso cazador llamado Bixby.

—No nos hemos encontrado nunca en la montaña. Oí hablar mucho de él.

—Es el que trae los mejores caballos a Phoenix.

—Porque Jesse Alien no ha venido por aquí. Jesse Alien soy yo, ¿sabes?

Annette, empezó a reír.

—¿Te sirvo algo más?

—He quedado muy bien. Mi estómago está tranquilo.

—¿Buscas trabajo?

—Sí.

Annette fue solicitada por otros clientes, y Jesse quedó en espera de que la muchacha terminara para continuar hablando con ella.

Pero fue su padre el que le atendió, minutos más tarde.

—¿Te falta algo más? Mi hija tardará en atender a aquellos clientes. Después pasará a la cocina a comer, pues lleva muchas horas sin probar bocado.

—Es una muchacha muy simpática.

—Me dijo que buscas trabajo.

—En efecto, precisamente por eso la estaba esperando.

—¿Eres cowboy?

—Y cazador... A esto me he dedicado los últimos años. Los caballos van escaseando en las montañas, y mis huesos ya están muy doloridos de las duras jornadas a las que los he sometido. Si encuentro trabajo en alguno de los ranchos que existen por aquí, me voy a quedar una temporada.

—Conozco un buen, amigo, que necesita hombres como tú. Formó un equipo hace poco, y se ha quedado casi sin gente... No paga muy bien, pero tampoco mal del todo. Sesenta dólares al mes, creo que no está mal.

—¡Ya lo creo! ¿Dónde está ese rancho?

—Lejos de aquí. Uno de los más alejados de la comarca.

—Eso no importa. Dime dónde está, y me presentaré lo antes que pueda.

—Vendrá con su hija esta tarde. Si no pides mucho por los caballos que traes, podrá comprártelos.

—He dejado recado en un saloon para que me espere un tal John Evans. Ese hombre entiende de estas cosas, y es fácil llegar a un acuerdo con él.

—Te equivocas. Pagará a bajo precio tus caballos. Y ahora que Murton no está aquí, mucho menos.

—Entonces, intentaré venderlos en otro lado... Pero antes de malvenderlos, prefiero quedarme con ellos.

Pagó el importe de la comida, y abandonó el comedor.

Visitó nuevamente el saloon de Donald, causando con su presencia una gran sorpresa a Sandie, que dijo, al verle:

—¡Pareces otro! Hay que ver lo que hace la ropa. Así da gusto verte.

—¿Ha venido ese hombre?

—Está en aquella mesa. Es el que está enfrente, pero hablaré yo con él. Se molestaría contigo, si te acercaras tú. No le gusta que se le moleste cuando está jugando la partida de póquer de todos los días con esos hombres.

—Veo a muchos elegantes.

—Se trata de las mayores personalidades de Phoenix. Todos son hombres de grandes negocios.

Se acercó Sandie a John Evans, y le habló al oído.

—¿Le conoces?

—Es la primera vez que viene por aquí.

—Sabes que Murton no compra caballos más que a Bixby.

—Me aseguró que eran buenos ejemplares.

—Disculpadme unos minutos —dijo Evans a sus amigos.

Abandonó su asiento, y se acercó, acompañado de la muchacha, a Jesse.

—Hola, amigo... ¿Dónde están esos caballos...?

Si son de muy buena calidad, como le has asegurado a Sandie, me quedaré con ellos.

—Los he dejado en el taller del herrero.

Estas palabras causaron verdadera sorpresa a Sandie.

—¿Por qué me dijiste que los habías dejado...?

—Discúlpame pero todos los cazadores somos desconfiados por naturaleza. ¿Quiere que vayamos a verlos?

Evans salió con Jesse.

El herrero supuso en el acto de qué se trataba, al verles.

—Ahí están los caballos, mister Evans —dijo el viejo herrero.

Fueron observados durante unos minutos por el entendido... Puso algunas objeciones, pero, al final, dijo:

—¿Cuánto pides por ellos? Son ocho, en total.

—Y todos de la mejor calidad.

—Bueno, de eso habría mucho que hablar. Pueden pasar.

—Creí que entendía más de estas cosas... Si realmente no los considera muy buenos ejemplares, es mejor que no empecemos a hablar.

—He dicho que me interesan. Lo que quiero saber es el precio.

—Trescientos dólares.

—¿Qué dices? Supongo que se tratará de una broma.

—Ni un centavo menos.

—Doscientos, y ya están bien pagados.

—No hablemos más.

—¿Aceptas?

—No. Vaya a continuar su partida de póquer. Los caballos se quedan conmigo.

—Escucha, muchacho...

—No pierda el tiempo, amigo Evans. ¿Les ha dado de comer? —preguntó al herrero.

—Trescientos dólares es mucho dinero. Salen casi a cuarenta cada uno.

—Le he pedido muy poco por ellos. La próxima vez pediré cuatrocientos.

—¿Para esto me has hecho perder el tiempo? No te pagarán por ellos más de ciento cincuenta dólares, y yo estoy dispuesto a darte doscientos.

—¿Le estorban aquí? —preguntó al herrero.

—Puedes dejarlos. Los pasaré a los corrales, más tarde. Y a tu pregunta de antes, han comido y han bebido. Están bien atendidos.

—Gracias.

Evans se marchó, de mal humor.

—Ya te dije que no tendrías suerte con ese hombre —dijo el herrero, así que Evans se marchó.

—¿Es que he pedido mucho?

—Yo no los vendería por ese precio. Son magníficos ejemplares.

Jesse le dio una palmada cariñosa en la espalda.

Horas más tarde, Evans volvió a visitar el taller. Intentó echar un vistazo de nuevo a los caballos, pero el herrero no se lo permitió.

—Sin la autorización de ese muchacho, no puedo hacerlo, mister Evans.

—Vamos... Somos amigos.

—¿Para qué quiere verlos, si no le interesan?

Jesse entraba en ese momento, acompañado de Tom Haycox.

—¿Qué hace aquí, amigo Evans? Ha demostrado no ser un buen hombre de negocios.

—Continúan interesándome esos animales.

—Lo siento. Llega demasiado tarde. Acabo de vendérselos a este hombre. Cuando los vea, pagará trescientos dólares por ellos.

Tom echó un vistazo a los caballos, y cerró la operación.

Evans salió del taller, mordiéndose los labios de rabia... Sabía bien que Tom acababa de realizar una gran operación.

La noticia fue comentada en la ciudad, horas más tarde, y el famoso y joven abogado Stanley Perkins recriminó a Evans:

—¡Vas a tener problemas, cuando se entere Murton...! Si él hubiera estado aquí, no habría pasado eso.

—¡Estos caballos no valen tanto dinero! Tom Haycox no sabe lo que ha hecho.

—Realmente, tú no piensas así. Estás rabioso porque sabes que has perdido una gran oportunidad.

Capítulo 6

Jesse, que había sido admitido en el equipo de los Haycox, se dedicó de lleno a su trabajo, y se dispuso a ayudar a aquel hombre en la preparación de todos los caballos del rancho.

Transcurrieron con rapidez los días y las semanas, siendo muy pocas las veces que había salido del rancho, en este tiempo.

Murton regresó con su esposa en el ferrocarril.

Como siempre había muchos curiosos en el andén.

Sandie también acudió, pero se encontraba oculta detrás de los curiosos... Desde su escondite, observó con envidia a la joven que había estado a sus órdenes, y que ahora se había convertido en una de las damas más respetadas de Phoenix.

Sonrió maliciosamente, cuando pasaban ante ella. Podía estar ya casada con Donald, y no quiso hacerlo hasta que Murton llegara.

—Ya estamos en casa, querida —decía Murton a su esposa —. Estoy deseando ver a Evans para que me diga cómo van esos caballos.

—¿Por qué no habrá venido el sheriff a recibirnos?

—No lo hace casi nunca.

—Tampoco he visto a Sandie.

—Mejor es que no haya venido.

—¿Crees, que me preocupa esa mujer? Me da pena porque todas sus esperanzas...

La presencia del abogado Perkins y la de John Evans les interrumpió.

Murton besó, cariñoso, a su esposa, y se despidió de ella.

—Los negocios son los negocios, querida... Me reuniré contigo tan pronto como me sea posible. Parece ser que Perkins tiene muchas cosas que contarme.

Joanna sonrió al joven abogado.

Se reunieron los cuatro en la oficina de Pat Ferguson.

El joven abogado fue el encargado de dar a conocer a Murton las últimas novedades, que escuchó con total atención.

—Deseo hablarte precisamente, sobre esos caballos, Murton... No quise comprarlos porque me pareció excesivo el precio. Ahora estoy muy arrepentido. Las pruebas que han hecho con ellos en el rancho de Haycox han dado unos resultados insospechados... Creo que me equivoqué —explicó Evans.

—Deja de preocuparte, Evans. Supongo que no serán mejores que nuestros caballos. ¿Has hecho algunas pruebas más?

—Casi todos los días. Bixby trajo otra partida, hace unos días. Seis en total.

—¿Qué tal?

—Regular nada más.

—¿Por qué los has comprado?

—Es la orden que me diste, al marchar.

—Te dije que solo compraras si eran buenos caballos.

—No son malos.

—¡Caballos como ésos hay muchos en el rancho...! Ponte de acuerdo con Russ para preparar una pequeña manada... Voy a enviarlos a Santa Fe en el ferrocarril... Me han pedido doscientos.

—¿Y le llamas pequeña manada?

—Estás acostumbrado a ver más de tres mil caballos todos los días. No veo por qué te sorprende esa cantidad.

Esto era cierto, y Evans sonrió.

—¿Qué tal te ha ido en ese viaje?

—Mejor de lo que yo esperaba. Me he casado con una mujer muy inteligente.

—¿Sabes lo que anda diciendo Tom Haycox...? —preguntó el abogado.

—Ese pobre hombre se está complicando la vida estúpidamente.

—Anda diciendo que muy pronto serán sus caballos los mejores de la comarca.

—A nadie más que a él se le ocurriría hablar de esa forma... —rio Murton—. Cuando vea de lo que son capaces mis animales, cambiará de opinión.

—El cowboy qué le vendió esos caballos de los que te he hablado hace un momento es más atrevido que el viejo... Olson suele contarnos todo lo que ocurren en el rancho. Es el único que ha quedado en el equipo que formó Haycox al principio... El viejo no llegó a un acuerdo con ellos, referente al dinero, y le han dejado casi solo. Ahora, ocho cowboys, si es que pueden llamarse así a esos vagos, son los que forman el equipo del rancho del Este —dijo Evans.

—Y muy pronto se verá solo, ya lo verás. Dime tú algo, Perkins. ¿Alguna novedad?

—Todo tranquilo.

—Muy bien. Ahora, dejadme a solas con Pat. Tenemos que hablar de negocios.

Evans y el abogado les dejaron solos.

Pat miró en silencio a Murton, en cuanto salieron los dos.

Durante más de dos horas estuvieron cambiando impresiones.

—Estoy algo preocupado. —Decía Pat —. Han vuelto a pedirme les envíe un informe sobre la verdadera situación de la compañía, aquí en Phoenix... No voy a poder ocultar la remesa de dinero que enviaron para mejora del recorrido y que no se usó para eso.

—Eres un especialista en esa clase de trabajos. Te costará poco redactar ese informe. No se van a fijar mucho.

—Me he enterado de que dos inspectores de la compañía han salido de Washington, con destino a Phoenix. Les espero de un momento a otro.

—Sabiéndolo, no es ningún problema.

—Hubiera preferido que no enviaran a nadie. Tengo miedo, Murton.

—Vamos, Pat... Llena esos vasos. La ciudad está en nuestras manos.

—El sheriff es otra de las personas que me preocupan.

—¿Por qué?

—Como consiga descubrir alguno de nuestros «negocios»...

—Jerome no se preocupa más que de lo suyo. Es lo que ha hecho siempre.

—De todas formas...

—Las tierras que Haycox ha comprado, son las que me preocupan. Tuvimos nosotros la culpa de que se nos escaparan.

—El viejo estuvo hablando en el Banco... Se entrevistó con el director, y parece ser que le han concedido el préstamo que ha solicitado para poder hacer frente al pago de las tierras que el Gobierno le ha cedido.

—¡Espera un momento! ¿Cuándo estuvo hablando con el director?

—Ayer.

—Me pasaré por el Banco.

—Has estado mucho tiempo fuera. Te necesitábamos. ¡Ah! ¿Sabes que Donald va a casarse con Sandie?

—¿De veras?

—Eso me dijo, hace unos días. Si no se ha casado ha sido porque Sandie le ha pedido que espere unos días.

—¡Pobre Donald! No sabe lo que va a hacer...

—No se lo digas.

—Claro que se lo diré.

Tomó el vaso y apuró el líquido de un solo trago.

—No está nada mal este whisky. Ha sido bastante peor el que he tenido que beber por ahí —dijo, chasqueando la lengua contra el paladar.

Se despidió de Pat, y se presentó en el Banco, donde fue recibido con toda clase de atenciones por parte de los empleados.

El director suspendió su trabajo al verle entrar, y se puso en pie para ofrecerle asiento.

—No me ha sido posible acudir a la estación, mister Coartenay. Ya ve cómo estoy de trabajo.

—No es preciso que se disculpe, me hago cargo... He venido a verle porque me han dicho que Tom Haycox ha solicitado un préstamo del Banco y, según parece, le ha sido concedido.

—Estuvo aquí ayer. Parece una buena persona.

—Se está complicando la vida, sin necesidad... ¿Se imagina lo que ocurriría si ese hombre no pudiera pagarle o, mejor dicho, devolverle el dinero a su debido tiempo?

—He confiado en él.

—¿Qué garantías le ha ofrecido? Las tierras por las que ha de pagar ese impuesto son del Gobierno. Me veré en la necesidad de informar a sus superiores.

—Por favor, mister Coartenay...

Murton convenció al director.

Mientras tanto, Tom, confiando en lo que le

habían dicho en el Banco, lo celebraba en casa de Steve Calwell, en compañía de éste y de Bob Nagel, propietario del rancho en el que Ernest Endicott trabajaba como capataz, de quien Tom se había hecho muy amigo.

—Eres un hombre de mucha suerte. —Decía Bob—. Steve sabe mejor que nadie que no hay quien consiga arrancar un solo centavo al Banco, salvo que se presenten unas garantías que sobrepasen la cantidad solicitada.

—Pues yo no he tenido ningún problema... Me dijo que fuera mañana por la mañana por el dinero... La verdad es que no hay tanta prisa, porque todavía quedan más de tres semanas de plazo.

—Te daré un buen consejo, Tom... Vete a primera hora por el dinero, antes de que se arrepienta.

—No creo que lo haga.

—Díselo tú, Steve.

—Bob tiene razón, Tom. No conoces a ese hombre.

—Creí que la gente sería más seria en el Oeste... Amigos que han vivido en estas tierras me han asegurado que cuando un hombre del Oeste da su palabra...

—El director es distinto. Si se arrepiente, sabrá ponerte una disculpa.

Tom empezó a temer que esto pudiera suceder, y no estuvo tranquilo en toda la tarde.

Ingrid y Annette habían salido a dar un paseo. Tom esperaba con impaciencia a que su hija regresara.

El abogado Perkins, al ver a las dos muchachas, abandonó su despacho y fingió que se encontraba con ellas por casualidad.

—Buenas tardes —saludó.

—Hola, abogado. Discúlpenos, llevamos mucha prisa... —respondió Ingrid —. Mi padre nos está esperando.

—¿Puedo acompañaros? Llevamos el mismo camino.

No pudieron negarse, y el abogado se presentó en el bar con las dos muchachas.

Tom dio las gracias al abogado, despidiéndose éste con acentuada amabilidad.

—Me da la impresión de que ese hombre está buscando algo... —Dijo Annette a su amiga, mientras el abogado se despedía del padre de ésta.

—No te comprendo.

—Conozco a ese hombre. Te busca a ti.

La sangre acudió de golpe al rostro de Ingrid.

—¿Cómo puedes pensar eso?

—Estoy segura, Ingrid.

—No digas tonterías. Se ha comportado siempre como un caballero con nosotras.

—¡Hum...! A mí no me ha parecido tal cosa.

Empezó a reír Ingrid.

—Tu loco pensamiento va demasiado lejos. Ahí viene mi padre.

Observó algo Ingrid en el rostro de su padre, que la preocupó.

—Hay que regresar al rancho, Ingrid —dijo.

—Cuando quieras. Annette y yo hemos estado viendo unos escaparates. Por eso nos hemos retrasado un poco.

Se despidieron de Steve, a quien prometieron que al siguiente día le harían una nueva visita.

—Pero... ¿Vendrás tú también mañana, Ingrid...? —preguntó Annette.

—Si mi padre no se opone...

—Vendrá conmigo y nos quedaremos a comer aquí. La madre de Annette ha dicho que va a preparar una comida especial para nosotros.

—Estupendo.

Ingrid entró en la cocina, y se despidió de la madre... Poco después, ignorando las preocupaciones de su padre, Ingrid apareció en el comedor.

Padre e hija montaron a caballo, diciendo la muchacha, antes de llegar al rancho:

—No hemos visitado al sheriff.

—Tienes razón. Se me ha olvidado. Mañana le presentaré mis disculpas. Jerome es un gran hombre.

—Y te aprecia de veras.

—Lo mismo que yo a él.

Llegaron a la casa, desmontando ante la entrada principal.

Olson, el capataz, al verles, les salió al encuentro.

—¿Cómo han ido esas gestiones, patrón?

—Hola, Olson. Bien, bastante bien. ¿Y los muchachos?

—Se están preparando para ir a la ciudad. Hace tiempo que no se divierten.

—¿Ya habéis cenado?

—Hace un momento que hemos terminado. Hoy nos ha preparado Niven una comida bastante aceptable.

—Niven es un buen cocinero, y se porta con vosotros lo mejor que puede. Con tantas protestas, terminaréis por volverle loco.

Vio Tom al viejo cocinero, y se despidió del capataz.

—Hola, Niven. Olson acaba de decirme que los muchachos han quedado contentos con la cena.

—¿Eso le ha dicho Olson?

—Hace un momento.

—Bueno, en realidad, el único que ha protestado ha sido Olson. Está siempre con su estómago a vueltas. Dice que soy yo el culpable de que lo tenga estropeado.

Rio Tom.

—Lo dirá de broma para que te enfades.

—No... No lo dice en broma... Protesta por sistema... Como siga así, van a tener que nombrar un nuevo cocinero. Estoy cansado ya de...

—Tranquilízate, Niven; yo lo arreglaré.... Si no está contento contigo, quedarás para preparar nuestras comidas nada más.

—Gracias, patrón; pero sería demasiada carga.

—Mientras yo continúe siendo el propietario de

este rancho, serás el cocinero oficial del mismo. El que no esté de acuerdo tendrá que decírmelo.

Volvió a reunirse con el capataz, con quien habló del problema de Niven.

—Yo no estoy disgustado con él, patrón. Simplemente le he dicho que a mí, procure prepararme algo que no me haga tanto daño.

—¿Padeces del estómago?

—Llevo una temporada que no lo tengo muy bien.

—¿Por qué no vas al médico?

—Fui en una ocasión por lo mismo, y me dijo que no era nada... Me aconsejó que cuando estuviera así, comiera con moderación.

—Mañana tengo que ir temprano a la ciudad. Vendrás conmigo. Debes volver a ir al médico. Si te dice que tienes que guardar un régimen de comidas, lo harás.

—Apenas me molesta ya.

—Procura no beber demasiado, si vas a la ciudad con los muchachos. Haz lo de Jesse. Mira que bien está, por no probar el alcohol.

—Eso sí que no, patrón. Un poco de whisky le viene bien a todo el mundo.

—Ya lo estoy viendo. ¿Dónde está Jesse?

—No lo sé. Va a volverse loco con esos caballos. Se pasa todas las horas del día junto a ellos.

—Sabe lo que hace. Me lo ha demostrado en varias ocasiones.

—Los caballos que le vendió no son malos, desde luego, pero si cree que conseguirá derrotar a los de Murton, pierde el tiempo. Esa es la verdad.

—Te equivocas, Olson. Lo conseguiremos. Este año no le resultará tan fácil a Murton triunfar en las carreras

—¿Necesita algo de la ciudad? Los muchachos me están esperando.

—No necesito nada. Y ya sabes, si continúa doliéndote el estómago, mañana debes ir al médico.

—No me hará falta... Se pondrá como nuevo en

cuanto el whisky que venden en el saloon de mister Smith se «almacene» aquí en la «bodega».

Riendo, dio media vuelta y se reunió con los compañeros que le estaban esperando.

Capítulo 7

—Ayer me dijo que podía contar con el dinero.

—Le dije que se pasara por aquí. Las noticias que he recibido de la central me han obligado a tener que cambiar de parecer. Lo siento de veras.

—He visto salir a Murton, hace un momento. Ahora comprendo lo que ocurre.

—¡No mezcle a mister Coartenay en eso!

—Es uno de sus mejores clientes, ¿verdad?

—Sí, pero...

—Conseguiré el dinero que necesito.

—¿Por qué no prueba en otro Banco?

—¿Qué les diré, cuando me pregunten por qué me lo han negado ustedes? No, no iré a ningún otro sitio. Me ha decepcionado usted, le creí un caballero.

El director respiró con tranquilidad, al verle salir.

Ingrid se dio cuenta de que algo le ocurría a su padre. Intuyó enseguida la verdad.

—Hola, papá, ¿qué te ha dicho el director?

—Me ha negado el dinero. No logro comprender a los hombres de esta tierra.

—¿No te dijo que...?

—Lo ha negado. Estamos en un serio apuro, Ingrid. Si no conseguimos el dinero para pagar el impuesto de esas tierras, nos quedaremos sin ellas.

—Con nuestras tierras tenemos suficiente.

—El agua y los mejores pastos están en tierras del Gobierno. Hay quien tiene interés en que no pueda pagar.

—¿Quién?

—Nuestro vecino.

—¿Mister Coartenay?

—Sí. Salía del Banco cuando yo llegaba.

Una ligera sonrisa cubrió el rostro de la muchacha.

—Nunca te he visto tan preocupado. Todo se arreglará. Ya lo verás.

—Queda muy poco tiempo, Ingrid. No tengo idea de lo que voy a hacer.

—¿Por qué no hablas con Steve? Es posible que pueda ayudarte.

—Necesito mucho dinero.

—Espera un momento, hablaré con Annette.

—No. No lo hagas. Si tengo necesidad de pedir ayuda a Steve, hablaré yo con él. Por ahí viene Ernest.

Ni Ingrid ni su padre dieron a conocer a Ernest lo que les ocurría.

Tom les dejó solos, y se marchó a dar una vuelta por la ciudad.

—¿Qué le ocurre a tu padre, Ingrid? Le veo preocupado.

—Se le acaba de presentar un serio problema.

Ingrid explicó lo que ocurría, refiriendo a Ernest la postura adoptada por el director del Banco.

—Necesitáis esas tierras... Sin ellas, vuestro

ganado no podrá criarse como lo viene haciendo hasta ahora. Le veo muy mala solución si mister Coartenay se ha interesado por esos acres. El padre de Annette es quien puede ayudaros. Vamos, hablaremos con él.

—Mi padre no quiere que le hable. Si lo necesita, él lo hará.

—Tu padre nunca pedirá dinero a nadie. Su forma de ser se lo impide. Mira, por allí viene Jesse.

Llegó Jesse, y saludó a ambos, sonriente.

—Me cansé de estar en el rancho, y salí a dar una vuelta —dijo.

—¿Cómo van esos caballos?

—Regular nada más, Ernest. No lo bien que yo deseaba. Hay un caballo que me tiene loco... Si consigo prepararlo para las fiestas, derrotaremos a la ganadería de Murton con facilidad.

—Procura no hablar así donde puedan oírte.

—¿Por qué?

—Tendrías un problema. Ya sabes que aquí las discusiones terminan con las armas.

—¡No le temo a nadie! Digo lo que pienso.

—Vamos a ver a Steve. Tiene muchas ganas de verte.

—Pareces preocupada, Ingrid. ¿Te ocurre algo?

—A ella no le ocurre nada, es a su padre.

Ernest habló sin rodeos.

Hubo unos segundos de silencio.

Jesse, miró fijamente a la joven, y dijo:

—Si Murton quiere esas tierras hará todo lo posible para que no consigáis el dinero. Existe un modo de conseguirlo. Tendréis que vender parte de vuestra ganadería, pero sin utilizar el ferrocarril. Es la única forma para que Murton no se entere, aunque estoy muy seguro de que Olson se lo dirá a Russ. Se han hecho muy amigos.

Ernest, preocupado, replicó:

—No es posible hacer lo que dices en tan poco tiempo. Vamos a hablar con Steve

Entraron en el bar, y hablaron con Steve.

Al conocer éste la cantidad que Tom necesitaba, dijo:

—Tengo el dinero que necesitáis en el Banco... Extenderé un talón ahora mismo, sin que se entere tu padre. Lo haré a tu nombre para que puedas retirarlo en este momento.

Ingrid no sabía qué decir.

Todo fue tan rápido que cuando quiso darse cuenta se vio delante de la ventanilla del Banco, donde presentó el talón que Steve le había dado al cobro.

Como el empleado que la atendió ignoraba los propósitos del director, cuando estuvo en su despacho le dijo:

—La hija de mister Haycox acaba de retirar una cantidad importante.

—Ha podido retirar poco dinero. Precisamente, acabo de examinar la cuenta corriente de esa familia, que refleja un saldo a su favor de seiscientos dólares.

—Pues acaba de presentar un talón por valor de cinco mil.

—¿Qué estás diciendo? ¡Supongo que no...!

—El talón venía firmado por Steve Calwell.

—¡Maldito! ¿Por qué no me has avisado?

Se encogió de hombros el empleado, al ver salir tan nervioso al director.

Este se presentó en el despacho del abogado Perkins, a quien contó lo que acababa de suceder.

—Tranquilícese... Aunque se lo hubiera propuesto, no habría podido impedir que esa joven retirara el dinero del Banco.

—Es que Murton me ordenó...

—Ya lo sé. Pero no se puede hacer nada.

—¿Te has enterado de lo que anda diciendo ese cowboy tan alto que trabaja con los Haycox?

—No. No he oído nada.

—Ha dicho que derrotarán este año a Murton en las carreras.

El abogado se echó a reír, al escuchar esto.

—No supone ningún delito hablar en ese sentido, pero sí es un gran compromiso para los Haycox... A Murton le hará mucha gracia cuando se lo diga. Y ya que ha venido, va a hacerme un favor... Necesitamos veinte mil dólares en efectivo para esta larde. El capataz de Murton se presentará en el Banco a recogerlos... Tengo que pagar cierta «mercancía» que esperamos de un momento a otro en el ferrocarril... Murton le hará el ingreso dentro de unos días.

—Sabe que el Banco está a la disposición de ustedes.

—Gracias. Y deja de preocuparte por eso. De todas formas, se lo diré a Murton.

Mucho más tranquilo, el director regresó al Banco.

Horas más tarde, se conocía la noticia en toda la ciudad.

Tom se molestó al principio, pero más tarde agradeció que le hubieran solucionado el difícil problema que se le había presentado tan inesperadamente, ya que él había confiado en solucionarlo por mediación del Banco.

Jesse y Ernest, acompañados por el sheriff, visitaron el saloon de Donald.

Peter Laclennan, el ventajista profesional encargado de las mesas de juego del local, sostenía una acalorada discusión con un cliente.

—No se puede jugar, después de haber bebido tanto, amigo —decía—. Si continúas hablando en esa forma, vas a perder algo mucho más importante.

—¡Ese hombre me ha hecho trampas! ¡Yo no estoy be...!

Un disparo le impidió continuar hablando.

El ventajista que había sido descubierto por el infortunado jugador dijo, teniendo en la mano todavía el revólver humeante:

—Intentó engañarme hablando... Su propósito era confiarme para sorprenderme.

Todos los testigos se dieron cuenta de que aquel

hombre no había hecho la menor intención de ir a sus armas, pero no hicieron el menor comentario en este sentido.

La presencia del sheriff asustó a Peter.

—¿Quién ha disparado sobre ese hombre? ¡Ah! Veo que has sido tú.

—Cuidado, sheriff. No se equivoque. Pregunte a los testigos, y verá que no he tenido más remedio que matarle.

—¿Porque te ha llamado tramposo? ¿Es que acaso no lo .eres? Vamos a mi oficina, y allí lo aclararemos todo.

—No iré con usted, sheriff.

—¿Temes que se descubra la verdad? —Preguntó Jesse —. Ese hombre no ha hecho intención de ir a sus armas. Tú le has matado porque ha descubierto tus trampas.

—¡Cuidado, gigante!

—Te advierto que conmigo no tendrás el mismo éxito. He conocido a muchos como tú, y les he visto terminar su vida con una cuerda al cuello... ¡Baja tus mangas...! Todos hemos oído decir a ese pobre viejo que escondías varios naipes en ellas.

Palideció visiblemente el ventajista.

Con sus ojos, buscó ayuda, y la solicitó de esta forma a sus compañeros.

—¡Diga a este loco que no hable tanto, sheriff! ¡Me veré obligado a...!

Nadie se dio cuenta de cómo habían aparecido las armas en las manos de Jesse.

El disparo efectuado por éste alcanzó en el centro de la trente al ventajista, que quedó sin vida sobre la mesa de juego.

—Le advertí que no lo hiciera —comentó Jesse.

En medio de un gran silencio, bajó las mangas al muerto, y puso sobre la mesa todos los naipes que escondía en las mismas.

—Ese pobre hombre estaba en lo cierto. Ha muerto por decir la verdad.

El ambiente que se creó en unos minutos obligó

a Peter a retirarse, sin que nadie se diera cuenta.

Asustado, se presentó en el despacho de su jefe, a quien le contó lo que acababa de suceder.

—¡Ese muchacho es un demonio con las armas! Disparó sin que ninguno de nosotros nos diéramos cuenta.

—¡Lárgate de aquí, Peter! ¡Márchate antes de que te encuentren conmigo!

—No temas Donald. Aquí no vendrá nadie. Me encuentro mucho más seguro en tu despacho que en ningún otro sitio.

—¿Qué es ese griterío...? —preguntó asustado Donald.

Dos ventajistas más al servicio de la casa fueron arrastrados a la calle.

A pesar de todo lo que luchó el sheriff por impedir que les colgaran, no lo consiguió. Fueron linchados, antes de ser colgados.

La noticia se extendió con rapidez por toda la ciudad, sorprendiendo a todo el mundo que el saloon de Donald hubiera sido cerrado.

Este movió rápidamente todos los resortes que podía y se presentó una hora más tarde en la oficina del sheriff, con una orden del juez Merrill que le había dado, personalmente.

Sonriendo maliciosamente, entró en la oficina.

—Está perdiendo el tiempo, mister Smith... Ya le he dicho que durante dos semanas estará cerrada su casa, y nadie me hará cambiar de parecer.

—¿De veras? Lea esto.

La sorpresa se reflejó en el rostro del sheriff.

—¿Quién le ha dado esto?

—El juez Merrill. Viene firmado por él, ¿es que no lo ve?

—El juez sabe sobradamente que no debe intervenir en esto. Iré a verle ahora mismo.

—Mientras tanto, abriré mi casa al público. Hay muchos clientes que están esperando delante de la puerta.

—¡No lo haga, Donald! ¡No lo haga!

—He sido autorizado a abrir nuevamente mi casa... No se complique tanto la vida, amigo Jerome. Ganaría mucho más si no cometiera tantas torpezas.

—¡Ustedes son los que están cometiendo una gran equivocación...! Mi mayor alegría sería verles a todos encerrados.

—¿A quiénes se refiere?

—A todos.

—No logro comprenderle.

—Llegará un día en que lo comprenda. Entrégueme esa orden que le ha dado el juez.

—La necesito para poder demostrar que estoy autorizado a abrir mi casa.

—Es igual. No la necesito para nada.

Donald abandonó la oficina.

En el despacho del juez, mantenía minutos más tarde, una acalorada discusión.

—Le repito que he dado esa orden porque considero que lo que ha ocurrido no es un motivo para cerrar un negocio.

—Han muerto dos hombres, juez Merrill.

—Mueren muchos todos los días, sin que los médicos puedan hacer nada por evitarlo. ¿Sería capaz de meter en la cárcel a los médicos por esto?

—Es completamente distinto...

—Vamos, sheriff. Tranquilícese y comprenda que porque haya muerto un hombre en uno de esos locales, no es motivo para cerrar el establecimiento. Yo tampoco le he dicho que investigue su fue legal la muerte que hizo su amigo Jesse, y los dos pobres hombres que colgaron los clientes sin ser juzgados.

Se dio cuenta el sheriff de que resultaría inútil tratar de convencer al juez, y abandonó el despacho.

Las puertas del saloon de Donald fueron abiertas nuevamente al público.

Peter Laclennan, así como los demás compañeros de trabajo de éste, recibieron orden de estar inactivos una temporada.

Jesse fue quien se creó peligrosos enemigos.

Durante varios días no salió del rancho, ni Ingrid tampoco.

Olson, una tarde, se presentó en la casa de su patrón, donde fue recibido enseguida.

—Siéntate, Olson. ¿Alguna novedad?

—Mi visita se debe a algo muy diferente a lo que está pensando, patrón.

—¿Qué ocurre?

—¿Por qué motivo se me impide presenciar las pruebas que Jesse y su hija vienen realizando últimamente?

—Ya conoces a Jesse. Cuando se hizo cargo de esos caballos, de los que tanto habla, le prometí que nadie le molestaría, y estoy dispuesto a sostener mi palabra. Si mi hija le acompaña en ocasiones, es porque él lo desea.

—Soy el capataz. Debo conocer todos los pormenores...

Haycox, acercó unos apuntes al capataz, diciendo:

—Aclárame esto. No está muy claro. Pensaba enviarte un aviso para que vinieras.

Olson aclaró las notas que figuraban en el libro donde se registraba todo lo referente al ganado.

En el otro, en el que figuraban los detalles más insignificantes de todas las pruebas que se venían realizando con los caballos favoritos, era Jesse el encargado de hacer estas anotaciones.

—Jesse está cometiendo muchos errores, patrón. Seremos todos quienes suframos las consecuencias una vez que se hayan celebrado las carreras, ya próximas... Estoy tratando de impedir que se rían de nosotros.

—Vuelve a tu trabajo, Olson. Confío totalmente en Jesse. Ha demostrado tener unos grandes conocimientos sobre caballos.

—¡Se equivoca! Mister Evans es muy amigo mío. A él es a quien hemos debido pedir que se encargue de la preparación de esos caballos.

—El patrón soy yo, Olson. Hago lo que considero

mejor para todos. Puedes retirarte.

Salió de la casa, mordiéndose los labios de rabia y apretando los puños con fuerza. Su odio hacia Jesse iba en aumento.

Capítulo 8

—Hola, Peter, ¿cómo va ese trabajo?

—Estoy acostumbrado a otra clase de vida... Me aburre esta tranquilidad. ¿Estuviste con Donald?

—Le vi anoche,

—¿Qué te ha dicho?

—El sheriff suele ir todos los días por allí. Se respira algo más de tranquilidad. Pronto podrás reincorporarte a tu trabajo. ¿Has visto salir a Murton?

—No creo que se ha levantado aún. La que no tardará en salir de la casa es su esposa. Ayer por la tarde estuve un buen rato hablando con ella. Es una muchacha inteligente.

—Procura que Murton no te vea con ella.

—¿Por qué?

—Conozco a Murton. Hazme caso.

—Joanna y yo continuamos siendo amigos.

Murton lo sabe y...

—Precisamente porque lo sabe, procura hablar lo menos posible con su esposa.

—No te comprendo.

—Si quieres vivir tranquilo, no olvides lo que acabo de decirte... ¿Vamos a echar un vistazo a esos caballos? Hoy tengo pocas ganas de trabajar.

—Ya falta poco para las fiestas.

—Lo sé, y mucho por hacer aquí en el rancho. ¿Sabes quién se casa?

—No.

—Donald.

—¡Eh!

—Sí, con Sandie.

—¿Hablas en serio?

—Todo está preparado para pasado mañana.

—¡Vaya! Por fin, en parte, Sandie ha conseguido sus propósitos... Era Murton quien le interesaba. Sé mejor que nadie lo mucho que se disgustó cuando se casó con Joanna.

—Y tengo la impresión de que todavía no lo ha olvidado.

Se echaron a reír los dos.

Visitaron las cuadras, observando a los caballos favoritos del rancho.

Peter, que estaba pendiente de la casa principal, vio salir a la esposa de Murton.

—Ahí tienes a Joanna —dijo.

Evans se acercó a la puerta de la cuadra.

—Está cada día más bonita —comentó.

—Si Murton pudiera oírte —agregó Peter.

Salió Evans e hizo una seña a Joanna. Esta se acercó.

—Buenos días —saludó al llegar—. ¿Cómo va ese trabajo?

—Hoy no haremos nada. Estos animales necesitan un pequeño descanso

—Mi esposo cree que se harían pruebas esta mañana.

—No es aconsejable. Ayer trabajaron mucho,

pero si él lo quiere...

—Mi esposo confía en el famoso Evans.

—Gracias, Joanna. ¿Se ha levantado tu esposo? Tengo una buena noticia que darle.

—¿Puedo saber de qué se trata?

—Claro que sí. Sandie se casa.

—¿Con quién?

—Con Donald.

—¡Caramba...! Bueno, en realidad, no me sorprende mucho... Les he visto juntos muchas noches. ¿Cuándo es la boda?

—Pasado mañana.

—Ahí sale tu esposo, Joanna —anunció Peter.

Sonriendo, le hizo señas, indicándole que se acercara.

Murton besó, cariñoso, a su esposa, y saludó seguidamente a Evans y a Peter.

—Pero... ¿Qué ocurre con estos caballos, Evans? —interrogó a continuación.

—No ocurre nada, Murton.

—Falta poco para las fiestas, y todavía no me has dicho nada.

—Están en buenas condiciones. Estaba diciendo a tu esposa que hoy les dejaremos descansar. Ayer fue muy dura la jornada.

—Si lo crees conveniente...

—Mañana reanudaremos las pruebas.

—¿Cómo se porta Peter?

—Mejor de lo que yo esperaba.

—Te felicito, Peter. Te aburres en el rancho, ¿verdad?

—Un poco.

—Pronto podrás ir a la ciudad. Parece que el sheriff está algo más tranquilo.

—Estando el juez Merrill de nuestra parte, no hay por qué preocuparse.

—Pero ha sido mucho mejor así. Hace tiempo que no veo los caballos que triunfarán en las carreras. Voy a verlos.

—Un momento, Murton. Antes de entrar, quiero

comunicarte una buena noticia.

—Estoy esperando.

—Donald se casa pasado mañana con Sandie.

Las potentes carcajadas de Murton contagiaron a los demás.

—¿Quién te lo ha dicho, Evans?

—Donald. Anoche estuve con él hasta muy tarde.

—Le compadezco.

Joanna miró, sorprendida, a su esposo.

—¿Por qué hablas así de Sandie, querido?

—Tú no conoces a Sandie... A pesar de haber estado trabajando a su lado, no has tenido tiempo de conocerla.

—Yo la considero una gran mujer.

—Te equivocas. Yo sé cómo es en realidad. Donald tendrá muchos problemas, si se casa con ella. Lo único que le interesa... ¿Quién es ese cowboy que acaba de llegar?

Se fijaron todos en el jinete que acababa de desmontar ante la casa.

Murton le reconoció y se acercó, siguiéndole su esposa, Evans y Peter.

—Hola, muchacho —saludó, amable, Murton.

—Buenos días, mister Coartenay. Le traigo un encargo de mister Ferguson. Desea que vaya a verle lo antes posible.

—¿Ocurre algo?

—Que yo sepa, no.

—¿Para qué quiere que vaya a verle con tanta urgencia?

—Me pidió le indicara que han llegado ya. Dijo que usted lo entendería.

—¡Ah, sí! ¿Te importa que dejemos para otro momento nuestro paseo, Joanna?

—No te preocupes por mí... Dedicaré toda la mañana a dar una vuelta por las tierras del rancho.

Murton la besó, cariñoso, y se marchó con el cowboy enviado por Pat Fergurson.

Evans aprovechó para ir a la ciudad también.

Peter miró en silencio a la esposa de Murton y

dijo:

—¿Puedo acompañarte, Joanna?

—Daremos un paseo por la orilla del río. No conviene que los muchachos nos vean juntos.

—¿Eres feliz?

—Sí.

—Dime la verdad.

—Por favor, Peter... Los dos debemos olvidar el pasado.

—Yo no puedo... Te veo todas las noches.

—Terminarás complicándome la vida.

—¿Por qué te has casado con Murton? Es un hombre demasiado viejo.

—Es mi esposo.

—Ahora no puede oírnos nadie. ¿Es que te has olvidado...?

—Aquello ya pasó. Si me prometes no volver a recordar un pasado que detesto, te permitiré acompañarme.

Peter guardó silencio.

Se encargó de preparar los caballos y galoparon, pocos minutos más tarde, hacia la orilla del río.

Al llegar, fue Joanna la primera en desmontar. La situación era violentísima para ella.

Se acercó a la orilla del río y, sin darse cuenta, resbaló y cayó al agua.

Se movió con rapidez Peter, y consiguió arrancarla de la corriente, ayudándola a salir.

Asustada, se abrazó al hombre que acababa de salvarla.

—¡Dios mío! ¡He podido morir!

Peter la apretó contra su pecho. Y sin poder contenerse, la besó con fuerza.

Ella cerró los ojos, y abrazó con mayor fuerza al hombre que en silencio continuaba amando.

—Te quiero, Joanna.

—Lo mismo me ocurre a mí, Peter... Vivir así es horrible... Si mi esposo se entera de esto, es capaz de matarnos a los dos.

—¿Por qué no huyes conmigo? En México

podríamos vivir tranquilos.

—No, Peter, no. Nos darían alcance los hombres de mi marido. Como tú bien sabes, cuenta con muchos amigos. Nos perseguiría hasta matarnos.

—No nos alcanzarán.

—Si tenemos un poco de paciencia, conseguiremos nuestros propósitos, y podremos llevarnos mucho dinero. Yo me las arreglaré para conseguirlo.

Durante más de dos horas continuaron haciendo planes.

Murton continuaba en la oficina de Pat Fergurson... Este estaba muy asustado, con la llegada de los dos inspectores que había enviado la compañía.

—Tengo miedo, Murton... Mucho miedo.

—Haz lo que acabo de decirte, y verás como no ocurre nada.

—¡Es imposible engañarles...! Son hombres muy competentes... En cuanto vean los libros, se darán cuenta de muchas cosas.

—Vamos, Pat; deja ya de preocuparte. Si descubrieran algo, no llegarán al destino.

—¡Eso es lo que debemos hacer! Noiret llegará de un momento a otro. Quiero que sea él quien se encargue de los dos.

Sonrió Murton, y volvió a llenar los vasos que había sobre la mesa.

El alcohol dio cierto optimismo a Pat, que ya lo veía todo perdido.

—Tengo que marcharme —dijo Murton, poniéndose en pie—. Dejé a mi esposa sola en el rancho y...

—No te marches... Quiero que estés aquí cuando lleguen los inspectores... Tú también eres accionistas de la compañía.

Consiguió convencerle.

Poco, después, recibían la esperada visita de los inspectores que habían enviado desde Washington.

Murton fue presentado por Pat, y se le permitió

quedarse mientras que los inspectores revisaban los libros.

Encontraron algunos asientos que estaban falseados, pidiendo a Pat les explicara algo de todo aquello.

—El contable es quien les podrá explicar todo esto. Tampoco yo lo comprendo.

—¿No revisa nunca los libros?

—Confío en el hombre que los lleva.

—Pues esto ha de aclararse, y pronto. Nos pidieron en Washington que enviáramos nuestro primer informe cuanto antes. Vemos anotados fuertes cantidades de dinero pero no hemos visto en que se aplicaron.

Murton se despidió, dándose cuenta Pat de su propósito.

—Le acompañaré hasta la puerta, mister Coartenay.

—Continúe con su trabajo, no es necesario.

Los dos inspectores se despidieron de Murton.

Este, una vez en la calle, se dirigió al despacho de su abogado... Conversó con él durante algunos minutos, y dijo, al final:

—Hay que avisar a Noiret. Es quien mejor puede encargarse de este «trabajo».

Media hora más tarde, se reunía Murton con Noiret, el hombre de confianza de Pat, en el despacho de Donald.

Al conocer la situación por la que pasaba en aquellos momentos Pat, se echó a reír el hombre sin escrúpulos en quien habían confiado el delicado «trabajo».

—Yo me encargaré de ellos —decía—, pero todavía no me habéis dicho cuánto voy a cobrar por mí ayuda.

—No he hablado con Pat de eso.

—Da lo mismo. Quinientos por cada uno.

—Demasiado dinero.

—Encargad el trabajo a otro... Piensa que se trata de dos inspectores de la compañía. No contéis con Noiret por menos dinero.

—Está bien, hombre. No pierdas tiempo.

—La mitad será por adelantado... Todos mis «trabajos» los realizo siempre de esta forma. Pat te lo dirá.

Murtor entregó al pistolero quinientos dólares. Poco después, salió a la calle por la parte trasera del edificio.

Se detuvo frente a la oficina de la compañía donde sabía se encontraban todavía los inspectores.

Horas más tarde, abandonaban éstos su primer trabajo. Confiados, salieron a la calle.

—¿Qué te parece...? He visto cosas muy raras en los libros de mister Ferguson... Ha gastado muchísimo dinero, pero no sabemos en qué. No lo han hecho nada bien. Está muy claro que roba a la Compañía —dijo uno.

—El contable estaba muy nervioso.

—No sé si te diste cuanta que dijo que había partidas que se apuntaban en otro libro, aunque, rápidamente lo negó.

—Ya me di cuenta.

—Enviaremos esta misma noche un amplio informe a Washington... Aquí ocurren cosas muy raras. Creo que nuestras sospechas van por buen camino.

—No hemos debido decirle nada. Me parecen hombres que no se detienen ante nada.

—Ya no tiene remedio. Hay que obrar con rapidez.

Noiret les estaba escuchando.

Había gente por la calle, y esto impidió que pudiera actuar. Vigiló a los inspectores, que entraron en el hotel donde se habían hospedado al llegar.

La noche se echó encima sin que Noiret, a pesar del tiempo transcurrido, perdiera de vista la puerta del hotel.

Terminado el informe, salieron nuevamente a la calle, dirigiéndose al correo, donde pensaban depositar el informe que entre los dos habían redactado en la habitación del hotel.

Una maliciosa sonrisa cubrió el rostro de Noiret.

Pasaron a su lado, sorprendiéndoles Noiret por la espalda.

—Continuad caminando —ordenó, clavándoles el cañón de los dos revólveres que empuñaba en la espalda.

Obedecieron ambos.

Les obligó a desviarse, internándose los tres por un estrecho callejón.

En un lugar apartado, les ordenó se detuvieran, comprobando antes si escondían algún arma en sus ropas.

—¿Qué significa esto?

—Ten paciencia. ¿A quién va dirigida esta carta?

—Si lo que buscas es dinero, te daremos todo lo que llevamos encima.

—Tenéis amigos en Washington, por lo que veo.

—Somos inspectores de la compañía del ferrocarril. Esa carta es un informe que...

Noiret disparó dos veces a quemarropa, matándoles.

Se guardó la carta, y desapareció de aquel lugar.

Dos cowboys escucharon el ruido de los disparos, y se acercaron con precaución.

Mirándose sorprendidos, al descubrir los dos cadáveres, corrieron a informar al sheriff quien no tardó en presentarse en aquel lugar.

Reconoció a los muertos, comprobando que ambos iban desarmados.

La noticia se extendió con rapidez por toda la ciudad.

Pat Ferguson se hizo cargo de los objetos personales de aquellos hombres, y en un pequeño paquete salieron al siguiente día en el primer tren, rumbo a Washington.

En la carta que iba dentro del paquete, informaba Pat que los inspectores habían sido víctimas de un loco, que les mató por robarles el dinero que llevaban encima.

La carta que Noiret le entregó, una vez leída, fue quemada.

Horas más tarde, celebraba Pat, con el asesino, en su propia oficina, el «trabajo» que éste había realizado.

Capítulo 9

Jesse e Ingrid habían ido a la ciudad para comprar mercancía que necesitaban.

—Yo me encargaré de recoger la mercancía del almacén. Di a Steve que iré a verle más tarde. Antes, pasaré por el taller del herrero. Hace varios días que no le visito.

—Como esté Ernest en el bar, le pediré que se acerque a ayudarte.

—No es necesario, Ingrid. Cargaré yo sólo la mercancía y recuerda lo que te dije: no hables nada de los caballos.

—Te lo prometo.

La muchacha se alejó.

Pero antes de llegar al bar de Steve, se encontró con el abogado en el camino.

—Hola, Ingrid. Hacía tiempo que no venías por la ciudad.

—Hola, abogado. Disculpe, voy con prisa.

—Espera un momento. ¿Hacia dónde te diriges?

—Voy al bar de Steve, pero no se moleste.

—Debo hablarte de algo muy importante. Tu padre está en un serio peligro.

Ingrid se asustó.

—Mi padre está, muy tranquilo en el rancho… ¿Por qué dice que está en un serio peligro? Esta tarde vendrá, precisamente, a pagar los impuestos de nuestras tierras.

—Deseo ayudaros, Ingrid.

—Por favor, no se acerque tanto…

—Soy la única persona que puede ayudaros. Cásate conmigo, Ingrid y…

—¡Apártese!

—¡Por favor, Ingrid! ¿Es que no te has dado cuenta de que mi corazón…?

—¡Suélteme o grito!

—Soy joven y tengo buena posición… Ven un momento a mi despacho. Allí podemos hablar con tranquilidad

—No iré a ningún sitio con usted.

—Entonces, es cierto lo que dicen… Ese vaquero tan alto es tu amante.

—¡Maldito!

El abogado la agarró con fuerza por un brazo, y la obligó a caminar.

Jesse, que estaba pendiente de ella, salió como un disparo del almacén.

El propietario del mismo se asomó, sorprendido.

Se puso nervioso el abogado, al ver a Jesse frente a él.

—Suéltela, abogado —ordenó Steve—. ¿Qué ha pasado, Ingrid?

La muchacha estaba llorando.

—Usted me lo explicará —agregó, al mismo tiempo que su mano derecha se aferró a las ropas del pecho del abogado.

—¡Castígale, Jesse! ¡Es un cobarde! —gritó la muchacha.

—¡Vamos, abogado! ¡Hable!

—No le hagas caso a esta loca. Me acerqué a saludarla, y comenzó a gritar.

Con la mano del revés le golpeó en el rostro, derribándole aparatosamente al suelo.

Cuando la joven le contó todo lo ocurrido, volvió a elevarle con facilidad y le golpeó nuevamente, en esta ocasión con el puño cerrado.

Perkins, con la boca destrozada, quedó tendido en el suelo.

Jesse acompañó a Ingrid hasta el bar de Steve, donde contaron lo ocurrido.

La muchacha, nerviosa, pasó a la cocina.

Annette y su padre consiguieron tranquilizarla.

—Márchate, Jesse —aconsejaba Steve—. Pronto vendrán a buscarte los amigos del abogado.

—No pienso moverme de aquí. Lo que siento es no haber matado a ese cobarde, que lo merecía. Se atrevió a decir a Ingrid que yo era su amante.

Steve movió la cabeza. Estaba muy preocupado.

—El abogado Perkins cuenta con muchos amigos en la ciudad y, si no te marchas muy pronto, te verás en un buen lío.

—Me he cansado de soportar a este grupo de cobardes que pretende manejar toda la ciudad, sin que nadie haga nada por impedirlo.

—Ahí viene Jerome.

El sheriff entró en el bar. Jesse le contó lo ocurrido y el de la placa contestó:

—Tienes enfrente un mal enemigo, Jesse. Ya han ido a visitar al juez Merrill.

—¡Mirad! —exclamó Steve.

El sheriff reconoció a los tres hombres que caminaban muy decididos por el centro de la calle principal.

—Quédate aquí, Jesse. Esos hombres vienen por ti.

Antes de que Jesse pudiera responder, salió el sheriff. Los tres hombres se detuvieron, al verle.

—¿Dónde vais?

—Sabemos que el gigante que golpeó al abogado por sorpresa está en el bar de Steve.

—Dejad en paz a ese muchacho. El abogado Perkins ha tenido la culpa de todo lo que ha ocurrido.

—¿De veras, sheriff? No nos haga reír. Apártese de nuestro camino si no quiere que...

Se asustó el sheriff al ver a Jesse a su lado.

—¿Por qué has salido? Has debido quedarte en el bar.

—No me distraigas ahora, Jerome. Voy a intentar convencer a esos locos para que se marchen. Dispararé a matar ante el primer movimiento que hagan.

Creyéndole distraído mientras hablaba, iniciaron un muy rápido movimiento hacia las armas.

Tres disparos sonaron a continuación, siendo el sheriff uno de los más sorprendidos.

Los espectadores que presenciaron la pelea abrían y cerraban los ojos para poder dar crédito a lo que acababan de presenciar.

—Les has matado, Jesse.

—No quisieron hacerme caso. Intentaron sorprenderme mientras hablaban.

Dos semanas más tarde se habían olvidado de las muertes en Phoenix, y los trabajos de preparación en los distintos ranchos de la comarca continuaban.

Ernest iba casi todas las tardes por el rancho de Tom, ayudando a Jesse en su trabajo, protestando Olson siempre que llegaba a la casa.

Una tarde, cuando Jesse y Ernest se disponían a realizar una de las pruebas que eran más importantes, se presentó el capataz.

Fue contemplado en silencio por Jesse.

—Encárgate de este caballo, Ernest. Otra vez vuelve a visitarnos el capataz.

Olson desmontó cerca de donde ellos estaban.

—¿Cómo van esas pruebas? He oído decir al patrón que hoy precisamente daríais a conocer un resultado definitivo.

—¿No tienes nada que hacer, Olson?

—No. Si quieres, puedo ayudarte.

—De acuerdo; tu mejor ayuda será marchándote de aquí.

—¿Qué temes de mí?

—No temo nada.

—Entonces, me quedaré.

—Vamos, Olson. Tu jornada ha terminado. Ve a la ciudad a divertirte un poco.

—Tengo derecho a saber qué clase de caballos tenemos en el rancho.

—Ya lo sabrás a su debido tiempo. Aún faltan unos cuantos días para las fiestas. Mi consejo es que apuestes en favor de estos caballos que estás viendo.

—¡Ni borracho lo haría! Apostaré en favor de los caballos de Murton. Ellos ganarán, como todos los años.

—Está bien, puedes hacer lo que quieras. Ahora déjanos trabajar.

—No me iré de aquí. Podéis empezar las pruebas.

—He dicho que te marches. Me estás obligando a que cuando llegue al rancho, se lo diga al patrón.

—Sabe que he venido. No te molestes.

—¿De veras?

—Puedes ir a comprobarlo, si quieres. Niven estaba delante. Por allí viene.

El cocinero se reunía con ellos, poco después.

—Hola, Jesse... He venido para que me digas si cenarás en el rancho y si Ernest te acompañará.

—Cenaremos los dos juntos. ¿Quieres ir a algún sitio?

—No. Era por reservaros la cena.

—Espera un momento, Niven. Vas a hacerme un favor. ¿Es cierto que Olson dijo al patrón que venía aquí?

—Yo no sé nada.

—¡No mientas, viejo inútil! Me viste hablando

con el patrón.

—Sí. Eso es cierto, pero ignoro de lo que hablabais.

—Lárgate, Olson.

El capataz retrocedió, asustado.

Sabía que Jesse estaba pendiente de él, y obedeció.

Se presentó el capataz en la vivienda, donde encontró a todos sus compañeros de equipo. Y les contó lo que acababa de ocurrirle.

—Todos tenemos derecho a saber lo que se está haciendo con los caballos favoritos del rancho... Sobre todo, conocer los resultados de las pruebas que se vienen haciendo. Somos parte de este rancho —decía.

—Yo opino lo mismo que Olson. En todos los ranchos...

Tom les sorprendió cuando hacían estos comentarios.

—¿Qué os ocurre? —entró diciendo.

—Me alegro de que haya venido, patrón. Jesse ha vuelto a prohibirme ver las pruebas que a estas horas estarán realizando.

—Olson... Precisamente ahora, deja tranquilo a Jesse... Te he dicho varias veces que es el encargado de los caballos y que sabe lo que hace.

—Yo soy el capataz y tengo derecho a saber todo lo que pasa en el rancho.

—Pero yo soy el dueño y te ordeno que no te acerques a los caballos mientras no te lo pida Jesse... Estoy muy contento con su trabajo. Espero ganar a los caballos de Murton. Y si no estás de acuerdo con esta decisión, estas despedido.

Olson no se esperaba esta reacción. Pero su orgullo pudo más y replicó:

—Usted no sabe nada del Oeste. Me voy a marchar. Ya veremos cómo se arregla sin mí. Estoy seguro que me admitirán en el rancho de mister Murton Coartenay. Págueme lo que me debe.

—A ver... ¿Hay alguno más que se quiera

marchar? —Preguntó, Haycox.

Tres de los íntimos amigos de Olson se unieron a él.

Tom se marchó, en busca del dinero para pagarles.

Olson, muy enfadado, dijo a los que se habían negado a seguirle:

—¡Vosotros tenéis toda la culpa...! Si hubierais estado con nosotros, no nos habría despedido a ninguno.

Callaron todos.

—¡Decid algo, cobardes!

—Nosotros estamos contentos en este rancho, Olson.

—¡Cobarde!

Sin que nadie lo esperara, Olson golpeó al que había hablado.

—¡Esto es lo que merecéis todos! Pero no os preocupéis. Cuando vayáis a la ciudad vais a saber lo que es bueno. Diremos a los hombres de Murton lo que acaba de asegurar vuestro patrón. Me imagino que vosotros pensaréis lo mismo.

—Son muchos los ranchos que están preparando sus caballos, estos días, y todos lo hacen con la misma ilusión. La de triunfar en las carreras.

—¡Pero ninguno se atreve a decir que derrotará a Murton! —gritó Olson.

—Tampoco es un delito.

—¡Maldito cobarde! ¡Claro que es un delito, como lo es el ser un fanfarrón! Recoged vuestras cosas, muchachos... Procuraremos estar el menor tiempo posible en este rancho. ¿Qué decidís vosotros?

El silencio fue una respuesta clara para Olson.

—Os pesará. ¡Juro que os pesará a todos!

Tom entregó el dinero que correspondía a los hombres que voluntariamente se habían despedido, y desde la ventana de su despacho les vio marchar en dirección a la ciudad.

Estaban totalmente furiosos tanto contra el

patrón, así como con Jesse y también con sus compañeros, por no unirse a ellos.

Olson y los tres que le acompañaban se presentaron en el saloon de Donald, donde dieron a conocer la noticia.

Poco después, llegó Russ, capataz de Murton, al que contaron lo sucedido y ése, en cuanto supo lo que les había pasado, ofreció inmediatamente trabajo a los cuatro.

—¿Es cierto que el viejo Haycox ha dicho eso, Olson?

—Estos te lo pueden decir. Aseguró que os derrotaría este año en las carreras.

Los comentarios se generalizaron de tal forma que pronto llegó a oídos de Murton.

Unas horas más tarde llegó al saloon Murton. Russ, le contó que había admitido para trabajar a Olson.

Murton entró al despacho de Donald y pidió que buscasen a Olson.

Enseguida le encontraron... Estaban bebiendo y riendo, acompañados de una de las muchachas, sentados en una mesa.

Una vez dentro del despacho de Donald y en presencia de éste, Murton le pidió que contase todo lo que sabía sobre los caballos.

Olson les contó que estaban preparando en secreto los caballos y que decían que iban a ganar, pero que él no confiaba en eso. Añadió que pensaba que tanto Tom como Jesse, entendían muy poco de caballos.

—Gracias, Olson. Ya me ha dicho Russ que habéis sido admitidos en el equipo de mi rancho. Viviréis mucho más tranquilos.

—Estamos seguros, mister Coartenay. Lo que debe hacer es dar una buena lección a ese viejo de Haycox.

—Si realmente confía en sus caballos, no podrá negarse a aceptar la apuesta que voy a proponerle. Di a Adams que os sirva bebida por mi cuenta.

—Muchas gracias, patrón.

—Tendrás un buen puesto en mi rancho. Russ me ha hablado mucho de ti.

Olson salió muy contento, y dio a conocer el motivo de esta alegría a sus compañeros.

—No sé qué clase de puesto me reservan en el rancho, pero vosotros vais a estar a mi lado. Nos vengaremos del viejo Haycox.

—Cuenta con nosotros, Olson. Lo deseamos tanto como tú.

—Ya veremos lo que dice Haycox cuando termine la carrera.

—¿En qué consiste esa apuesta?

—No me lo ha dicho Murton, pero podéis estar seguros de que le arrancará un buen pellizco al viejo.

Se echaron a reír, y se dirigieron al mostrador, donde el barman les atendió.

Estuvieron bebiendo toda la noche, a cuenta del nuevo patrón... Y mientras lo hacían estaban pensando en castigar a Jesse.

—Es muy tarde, Olson. Jesse no vendrá por aquí.

—Esperaremos un poco más, por si acaso. Voy a reunirme con Russ. Si me admiten en la partida, probaré suerte.

—Nosotros probaremos fortuna con una de esas mujeres.

Olson dio un golpe cariñoso a su compañero, y se retiró.

Mientras tanto, el juez decía al abogado:

—Ten un poco de paciencia, Perkins. Sabes que durante las fiestas no podemos hacer nada, ¿qué hora tienes?

El abogado consultó su reloj.

—Las once.

—Murton me pidió que estuviera en el saloon de Donald antes de las doce.

—Haycox no aparecerá ya lo verás.

—Después de lo mucho que ha estado hablando, no tendrá más remedio que...

—Repito que no irá. Ese hombre no conoce nuestras costumbres. El Este es distinto.

—Murton lo obligará, ¿Me acompañas?

—Temo encontrarme, con ese gigante. ¿Por qué no ordenas que le detengan?

—Después de las fiestas, Perkins. Ahora no puedo hacerlo.

Convenció el juez al joven abogado, y ambos se presentaron en el saloon de Donald en cuyo interior no había forma de poder dar un solo paso.

Sandie, convertida ya en la esposa de Donald, hizo acto de presencia en el local.

Murton salió a su encuentro, al verla.

—Hola, Sandie, ¿cómo va esa vida?

—Estupendamente. Ayer estuve con Joanna. Nos vemos casi todos los días.

—No me ha dicho nada. ¿Estuviste en el rancho?

—No. La vi aquí en la ciudad. Nos encontramos en el mismo almacén.

—La tengo un poco abandonada estos días, pero ella lo comprende. ¿Dónde está tu esposo?

—No tardará en llegar. Anoche se acostó muy tarde, y si yo no le despierto...

—Buenos días, Murton —saludó Donald, que entraba en el salón en ese preciso momento.

—Hola, Donald. Tu esposa me estaba diciendo...

—Lo he oído. Es cierto lo que ha dicho. Si ella no llega a despertarme, habría continuado durmiendo. ¿Ha llegado Tom Haycox?

—Todavía no.

—¿Se habrá arrepentido?

—No lo creo.

—¿Crees que aceptará la apuesta que vas a proponerle?

—Si confía tanto en sus caballos, es muy probable.

—¡Hum...! Ese hombre es más inteligente de lo que te imaginas.

—Está asegurando, que me derrotaría en la carrera.

—Él no lo considera un delito. No sabe nuestras costumbres.

Capítulo 10

Fueron interrumpidos por los gritos que daban los que esperaban delante de la puerta, y a quienes les era imposible entrar, por la gran cantidad de gente que albergaba el local.

Tom, acompañado de Jesse y Ernest, caminaba por el centro de la calle principal.

Por el estrecho callejón humano caminaron hasta el interior del local, donde se les abrió paso de igual forma.

El sheriff echó a correr, y aprovechó para internarse en el saloon caminando detrás de Tom y sus acompañantes.

—Creíamos que ya no vendría, amigo Haycox. Ha sido bien puntual. Es exactamente la hora que acordamos.

—Buenos días, mister Coartenay. Aquí me tiene.

—Faltan pocas horas para que se celebre la

gran carrera de todos los años... ¿Sigue creyendo que conseguirá derrotarme?

—Presentaré tres buenos ejemplares. Estoy seguro que uno de ellos entrará el primero en la meta.

Varias carcajadas siguieron a estas palabras.

El sheriff, sin embargo, palideció ligeramente al escuchar esto.

—En ese caso, no tendrá inconveniente en hacer una apuesta conmigo, ¿verdad?

—Depende de la cantidad... Ya sabe todo el mundo que ahora mismo no ando muy bien de dinero. Tuve que pagar los impuestos y...

—No le hará falta dinero.

—En ese caso, acepto la apuesta.

—Puede que se arrepienta, al saber de qué se trata.

—Si no es dinero, repito que acepto.

—¡No podrá volverse atrás! Quince mil dólares frente a su rancho.

El sheriff se movió con rapidez.

—No puede aceptar, Tom —dijo.

—¡Vaya! Ya ha salido su defensor.

El sheriff no hizo caso a Murton, y continuó insistiendo, tratando de convencer a Tom de que no aceptara la apuesta.

—Pues se quedará sin esas tierras, si acepta... —agregó.

—Tranquilícese, sheriff. Confío en mis caballos.

—¡Tiene que estar loco!

—Un momento, sheriff; nadie le ha pedido que...

—Tom Haycox es amigo mío, mister Coartenay. Por eso trato de hacerle comprender el grave error que está cometiendo.

De nada sirvió todo lo que el sheriff dijo.

Como Murton confiaba que Tom aceptara la apuesta, pidió a su abogado que pusiera sobre la mesa el documento que había redactado.

—Firme aquí, amigo Haycox... Al terminar la carrera, con este documento, yo podré demostrar que su rancho me pertenece.

Intervino Jesse, diciendo:

—El sheriff será el depositario, ¿ha traído el dinero?

—Escucha, amigo. Es la primera vez que mi palabra se pone en duda.

—Lo mismo ocurre con mi patrón. Sin embargo, usted le ha pedido que firme ese documento.

Murton se molestó al escuchar los comentarios que se hacían.

—¡Está bien! Depositaré el dinero. ¿Tienes ese dinero a mano, Donald?

—Hice el ingreso ayer.

—Russ. Vete al Banco.

Extendió un talón por la cantidad anteriormente mencionada, y el capataz se presentó en el Banco, minutos después.

Le fueron entregados los quince mil dólares, que llevó a su jefe lo antes que pudo.

En presencia de los numerosos testigos, se hizo el depósito, siendo el sheriff el que se encargaba de guardar el documento y el dinero que Murton le entregó.

Horas más tarde no se hablaba de otra cosa en los locales de diversión, así como en las casas particulares.

Dieron comienzo los ejercicios, resultando vencedor el equipo de Murton en los tres ejercicios celebrados.

Aquella misma noche, Ingrid comentaba con Annette:

—Tengo el presentimiento de que mi padre ha ido demasiado lejos. Imagínate lo que ocurrirá, si no conseguimos derrotar a Murton.

—Fuiste la primera en confiar en Jesse... Yo lo considero una locura también. Murton ha sabido aprovecharse. Hace tiempo que anda detrás de vuestras tierras.

—Tiene que haber alguna forma de poder anular esa apuesta.

—No lo intentes siquiera, Ingrid. Demasiado tarde.

—Hablaré con el sheriff. Él tiene ese documento.

—No conseguirás nada.

—¡La culpa la tiene Jesse! ¡Mi padre lo perderá todo, por su culpa!

Jesse y Ernest entraban en ese momento.

—¿Qué os ocurre? —Preguntó Jesse—. Vuestros gritos se oyen desde la calle.

Ingrid estaba nerviosa.

—Hay que anular la apuesta —dijo—. Mi padre lo perderá todo...

—Por favor, Ingrid... Tu padre no perderá nada, sino todo lo contrario. Con esos quince mil dólares que ganaré, podrá repoblar el rancho como él desea hacerlo.

—¡Hemos ido demasiado lejos...! ¡Sabemos, que los mejores caballos de Arizona están en poder de mister Coartenay! ¡Convence a mi padre para que anule esa apuesta o, de lo contrario, no te lo perdonaré!

—Antes confiabas en el triunfo... Has visto las pruebas que hemos venido haciendo en el rancho y...

—¡Anula esa apuesta!

Jesse dio media vuelta y volvió a salir a la calle.

En su locura, Ingrid visitó al sheriff, y le pidió rompiera el documento que su padre había firmado, pero aquél se opuso rotundamente.

—No puedo hacerlo —dijo—. Se lo entregaré todo, mañana, al que resulte vencedor en las carreras.

Continuó insistiendo Ingrid, recriminándola muy enfadado su padre, horas más tarde por lo que había estado intentando hacer en la oficina del sheriff.

La muchacha no durmió en toda la noche.

Al siguiente día se levantó cuando únicamente quedaba su padre en el rancho.

—Tendrás que darte mucha prisa en arreglarte,

si quieres que lleguemos a tiempo de presenciar la carrera... Dentro de poco, se acabarán nuestros problemas... Podré pagar a Steve los cinco mil dólares que nos prestó, y con el resto adquiriré todo el ganado que necesito.

—Eres un loco, papá. ¿Qué ocurrirá si te derrotan?

—Estoy totalmente seguro del triunfo... Jesse montará un caballo como no has visto otro en tu vida.

—¿Jesse...?

—Sí.

—¡Pesa demasiado! ¡Te he oído decir en muchas ocasiones que los jinetes deben ser ligeros!

—Sube a arreglarte.

—No iré a la pradera.

—Vas a perderte la mejor carrera de toda tu vida... Confía en tu padre, Ingrid. Sabes que entiendo de estas cosas más que nadie.

Por fin consiguió convencerla, y se arregló en unos minutos.

La pradera estaba completamente llena, cuando llegaron.

Gracias a las invitaciones que tenían, ocuparon en la tribuna los dos asientos que les habían reservado.

Annette, Steve y Ernest, así como el patrón de éste, Bob Nagel, estaban a su lado.

—¡Ingrid!

—Hola, Annette.

—¿Cómo habéis tardado tanto? Ya se están preparando los caballos.

Ingrid comenzó a temblar.

Al saludar a Ernest, éste se dio cuenta también.

—Tranquilízate. Jesse triunfará en esta carrera.

—Me gustaría ser tan optimista como vosotros, pero no puedo.

—Mira. Ya va a dar el sheriff la salida.

Bixby, Edgar y William montaban tres de los caballos favoritos de Murton. Noiret y Russ montaban los otros dos.

El gobernador, que asistía todos los años a las carreras, ocupaba su asiento en la tribuna presidencial que se levantaba todos los años en su honor.

Sonó el disparo que anunciaba la salida, e Ingrid se agarró con fuerza al brazo de Annette.

Bixby, Edgar y William se pusieron de principio en cabeza.

Jesse galopaba en el grupo que iba detrás.

—La carrera acaba de empezar, Ingrid. Tranquilízate.

Le era imposible a la muchacha dominar sus nervios.

Murton, convencido de su triunfo, se volvió para decir a Tom:

—Puede ir despidiéndose del rancho. Nadie podrá dar alcance a los caballos que van en cabeza.

También Tom estaba nervioso.

Hizo como que no había oído a Murton, y continuó pendiente de la carrera.

Los espectadores aplaudían y animaban con fuerza.

Dos de los caballos preparados por Jesse se adelantaron del grupo. Poco a poco, iban ganando terreno.

Minutos después eran alcanzados los tres que iban en cabeza.

Pero no permitieron que pudieran adelantarles, cerrando el paso a los que lo estaban intentando.

De pronto, un caballo comenzó a galopar de manera endiablada, dando la impresión de que aquel animal no ponía las patas en el suelo, elevándose un enorme griterío entre los espectadores.

—¡Vamos, Jesse! —gritaba emocionada Ingrid—. ¡Corre! ¡Corre más!

Cuando llegaban a la mitad del recorrido, describiendo un gran rodeo, Jesse consiguió situarse en cabeza.

Castigaron a sus monturas, sin que consiguieran impedir que Jesse aumentara cada vez más la distancia.

Entró en la meta en solitario, con más de media milla de ventaja.

Tom saltaba como un loco.

Ingrid lloraba de alegría.

—¡Tenías razón, Annette! ¡He estado a punto de estropearlo todo!

Murton desapareció de la pradera, sin que nadie se diera cuenta.

Otro de los caballos preparados por Jesse entró en segundo lugar.

Y cuando Jesse quiso darse cuenta, fue elevado a hombros por un grupo de vaqueros enloquecidos y fue conducido a la ciudad.

Ernest se hizo cargo de su caballo, mientras que Tom recibía de manos del sheriff, los quince mil dólares y el documento que había firmado.

—¡Hay que conseguir ese caballo, sea como sea...! Entrevistaos con ese vaquero, y decidle claramente que estoy dispuesto a pagar lo que me pida por él —decía furioso Murton.

—¿Cuánto estás dispuesto a pagar, Murton?

—Lo que me pida.

—Por tres de los grandes puede ser suyo.

—¡Y cinco si es preciso!

—Por tres lo conseguiremos nosotros. Esta tarde nos entrevistaremos con ese gigante.

—Cuidado, Bixby. La ganadería de Haycox ha empezado a cotizarse en el mercado.

—Por poco tiempo.

Murton confió en Bixby.

Olson se encontró con ellos cuando salían de la casa, y se unió al grupo.

—Nos quedaremos a comer en la ciudad. Debes decírselo a Russ, Olson.

Este habló con el capataz, quien, al conocer los propósitos que tenían, autorizó a Olson a ir con Bixby y sus hombres.

Los cuatro se presentaron en el bar de Steve, donde ocuparon una de las mesas libres.

Annette se encargó de atenderles.

Comieron tranquilamente sin perder de vista la puerta.

Estaban con el postre cuando se presentó Jesse en el comedor.

—Acaba de entrar —dijo en voz baja Olson.

—Acaba de ocurrírseme una idea —agregó Bixby — En cuanto venga esa muchacha, uno de vosotros se meterá con ella.

Sonrieron los cuatro al conocer el plan de Bixby.

Así, cuando Annette se acercó a la mesa, uno de los hombres de Bixby se puso en pie y la abrazó.

—Siéntate con nosotros, preciosa.

—¡Suéltame!

Los gritos de Annette llamaron la atención de todos los clientes.

Jesse apareció en el comedor, al oírla gritar. Se acercó a la mesa inmediatamente.

—¡Soltadla! —ordenó.

—¡Vaya...! Si es nuestro gran amigo, el gigante —comentó Bixby, poniéndose en pie.

Jesse quedó frente a los cuatro.

—Dejad el dinero sobre la mesa y marchaos. Os habéis confundido de casa.

Olson precipitó los acontecimientos, al mover con rapidez sus manos.

Una vez más se puso de manifiesto la trágica seguridad de Jesse y su increíble rapidez.

La esposa de Steve acudió al ruido de los disparos llevándose las manos a los ojos para evitar el tener que presenciar aquel trágico cuadro.

Bixby, Edgar, William y Olson yacían sin vida en el suelo, con sus respectivas frentes destrozadas.

Capítulo Final

—Jesse, dos hombres preguntan por ti. Te están esperando en casa.

—Cuidad de este caballo y no le toquéis hasta que yo venga. ¿Han dicho quiénes son?

—Pertenecen a la compañía del ferrocarril. Es lo único que dijeron.

Jesse se lavó las manos, y llamó a su caballo, que acudió a su llamada.

Una sensación extraña recorrió todo su cuerpo, al reconocer a los dos hombres que le estaban esperando.

—¿Jesse Alien?

—Sí, yo soy.

—Deseamos hablar contigo.

Tom los dejó solos.

Caminaron sin prisa, deteniéndose los tres en un lugar apartado.

—¿Cuándo habéis llegado? —preguntó Jesse.

Los tres se abrazaron, emocionados.

—Cuando nos enteramos de lo de Richard y Louis fuimos enviados urgentemente. ¿Qué ocurrió, Jesse?

—Murieron asesinados. Creí volverme loco cuando les vi muertos. No pude hablar con ellos... Supongo que descubrieron algo y Pat Ferguson se dio cuenta y les mandó asesinar. Es el que nos explicará lo que ha pasado. Lamentablemente, yo todavía no he conseguido saber mucho.

—Lo sentimos. Eran tus mejores amigos. Hemos descubierto varias anormalidades y todas llegan a la oficina de Pat Ferguson.

—El hombre que nos envió la nota y que iba a confiarme el secreto murió poco antes de que hablara con él... Quiso que nos viésemos en un lugar apartado pero no llegó a la cita. Apareció muerto en el río. El sheriff, no pudo averiguar nada. ¿Dónde os hospedáis?

Dieron a conocer el nombre del hotel donde habían reservado sus habitaciones.

—Conozco bien ese hotel, ¿estuvisteis en la compañía?

—No. Aún no hemos tenido tiempo de hacer nada.

—Mejor es que no hayáis ido. Esta misma noche hablaremos con el encargado. Voy a emplear un método que no falla. Lo que sé es que ese hombre está asociado con Murton Coartenay, el famoso ganadero de quien tanto se habla en Washington.

—¿Qué tal te ha ido por esas montañas?

—Conseguí atrapar a uno de los mejores ejemplares de todo el territorio... Es con el que he triunfado, sin ninguna dificultad, este año en las carreras.

—Estamos enterados.

—Hay un bar en la ciudad que lleva el nombre de Steve Calwell. Decidle que vais de mi parte, y os atenderán estupendamente.

—¿Qué pasa con esa muchacha de la que nos hablabas en tus cartas?

—Me enamoré de ella desde el primer día que la vi... Es la hija del hombre con quien habéis estado hablando hace un momento... Venid conmigo. Si está en la casa, os la voy a presentar.

Jess se presentó con sus amigos en la casa, siendo recibidos por Ingrid.

Esta, al serles presentados los amigos de Jesse, estrechó la mano de aquellos hombres.

Horas más tarde, terminando de comer en casa de Steve, comentó uno de ellos:

—No es extraño que Jesse se haya enamorado de esa muchacha... Es encantadora. Me parece que dejaré de ser federal y se quedará en Phoenix.

—También lo he pensado yo. Sus amigos le echaremos en falta.

Terminaron de comer, y solicitaron la presencia de Annette, que no tardó en acudir.

Pagaron el importe de la comida, y fueron informados que la próxima vez dejaran el dinero sobre la mesa y se marcharan... El precio estaba anunciado sobre la mesa, por los distintos platos que pudieran solicitar.

Jesse se reunió con sus amigos lo antes que pudo... Hablaron en privado en un lugar apartado, y se pusieron de acuerdo para «visitar» a Pat Ferguson aquella misma noche.

Jesse pensó que sería mejor informar al sheriff. Al conocer la verdadera personalidad de Jesse, se sorprendió el de la placa.

—Conocía al hombre que mataron. Era empleado del ferrocarril. Supongo se enteró de algo y por ese les mandó la nota.

—¿Podemos utilizar su oficina esta noche?

—Estará a vuestra disposición. Tengo tanto interés como vosotros en acabar con ese maldito tráfico ilegal que se viene realizando, sin que las autoridades sean capaces de descubrir la procedencia del mismo.

—Estamos seguros de que utilizan como medio de transporte el ferrocarril —agregó Jesse—. Esta noche nos dirá algo el encargado.

Se pusieron de acuerdo, y abandonaron la oficina cuando ya las primeras sombras de la noche caían sobre la ciudad.

Pat era hombre que solía quedarse hasta muy tarde en su despacho.

Llevaban más de una hora vigilando la entrada del mismo cuando vieron entrar al abogado Perkins.

Jesse hizo una seña a sus amigos, y los tres se pusieron en movimiento.

El abogado entró, confiado, en el despacho de Pat.

—Hola, Stanley...

—Murton me ha entregado esto para ti. Le acaban de anunciar la llegada de mucha más «mercancía». Llegará en el tren de mañana. Russ no podrá venir. Estará ausente un par de días.

—Hablaré, entonces, con Noiret... Prefiero que sea él quien se encargue de retirarla. Siéntate y sírvete un trago.

—He de preparar un trabajo para mañana, aunque no tengo ninguna gana de estudiar el caso que me han pedido que defienda.

Pat se echó a reír.

—¿Has vuelto a ver a la hija de Haycox?

—Lo tengo todo preparado para alejarme una temporada con ella.

—¿Por qué no te olvidas de esa mujer?

—Será para mí.

—Todo el mundo sabe que está enamorada de ese muchacho...

—¡Cállate!

—Está bien, Perkins, ¿no quieres beber nada...? Di a Murton que mañana retiraré la mercancía. ¿Te ha dicho dónde debo llevarla?

—Al saloon de Donald. ¡Ah! Te diré dónde han ido Russ y Peter. Se han llevado unos cuantos caballos como pretexto. Peter no regresará de ese viaje.

—¿Por qué?

—Le han sorprendido con la esposa de Murton... Se entendían lo mismo que cuando trabajaban juntos.

—Se lo advertí a Murton, y no quiso hacerme caso. Cometió un error, casándose con esa muchacha.

—A Donald le ocurre algo parecido. Ya es muy tarde y tengo que marcharme. No es preciso que te levantes.

Dio media vuelta, y desapareció a través de la puerta.

Jesse, que había estado escuchando cuanto hablaban, le sorprendió al salir.

La saliva no resbalaba por la garganta del abogado.

Para evitarse complicaciones, le golpeó Jesse en la cabeza con la culata de un «Colt».

—Lleváoslo a la oficina del sheriff —dijo a sus amigos—. Yo me encargaré de Pat.

Este se encontraba tranquilamente repasando unos papeles cuando de pronto se vio sorprendido al ver frente a él a Jesse.

—¿Qué forma es ésta de entrar?

—La puerta estaba abierta.

Pat se puso en pie. Al verse encañonado, retrocedió asustado.

—¿Qué significa esto...?

—Me pidió el abogado Perkins que viniera buscarle. Me dijo que estuvo aquí hace un momento.

—¡Sí! Pero...

—Me pidió me encargara yo de retirar mañana la «mercancía» que están esperando.

—¿De qué estás hablando?

—Es lo que dijo el abogado. Según él, llega en el tren de mañana.

—¡Maldito!

—Quieto, amigo. El abogado nos está esperando en la oficina del sheriff.

Cuando Pat quiso darse cuenta, se encontraba en la oficina, donde el abogado ya le estaba esperando.

Jesse se encargó de interrogar a ambos por separado.

El miedo les hizo confesar todo cuanto sabían, confrontando, más tarde, lo que había escrito uno con lo del otro.

—Parece que aquí se olvida de algo, amigo Pat... Sabe, mejor que el abogado, cómo reciben la mercancía y de dónde procede. Sin embargo, usted se ha olvidado de ponerlo.

—¡Ellos me han obligado! ¡Me amenazaron de muerte, si no les ayudaba! ¡Dejadme marchar! ¡Juro que no apareceré más por aquí!

—No. Ha llegado el momento de rendir cuentas. Peter Laclennan ha pagado todos sus delitos, y se puede decir que ha muerto sin darse cuenta... Russ le disparó por la espalda. Es lo que han comentado en el saloon de Donald... Mañana les espera una gran sorpresa a Murton y a Donald.

Jesse obligó a Pat a escribir una nota.

Aquella misma noche, llegaba a poder de Murton, y éste se entrevistó con Noiret.

—Pero... ¿Qué demonios le ocurrirá a tu jefe? —Decía Murton—. Quiere que vaya yo en persona a hacerme cargo de la mercancía mañana.

Continuaron bebiendo, y Noiret se dedicó a divertirse con las empleadas del local.

Pero al saber Jesse que había sido Noiret el que asesinó a los inspectores enviados de Washington, vigiló la entrada del saloon desde los edificios de enfrente.

Y cuando Noiret se retiraba a descansar, con la «bodega» cargada, fue sorprendido por Jesse.

—Hola. ¿No me conoces?

—¡Ah, eres tú! ¿Qué quieres, gigante?

—Pat y el abogado Perkins me han dado un encargo para ti... Acabo de venderles el caballo con el que triunfé en las carreras.

—¡Estupendo! Veo que eres inteligente, amigo.

Confiado, caminó hasta el lugar donde los amigos de Jesse le esperaban.

Iba tan borracho que no se dio cuenta de los dos hombres que habían sido colgados en uno de los árboles de la plaza.

Al fijarse en ellos, retrocedió, asustado, disipándose gran parte del alcohol que corría por sus venas.

—Estaban aburridos de la vida y se colgaron —dijo Jesse—. Pero antes de morir, han confesado que tú asesinaste a los inspectores de la compañía del ferrocarril.

—¡No es cierto!

—¡Cobarde! ¡Asesino! —gritó Jesse, sin poder contenerse.

Y comentó a golpear salvajemente a Noiret... En su ciega ira, no se dio cuenta de que le había matado, y tuvo que ser contenido por sus amigos.

Al día siguiente, cuando Murton, Russ y Donald Smith iban a recibir la mercancía que les enviaban en el ferrocarril, fueron sorprendidos.

El sheriff se hizo cargo de ellos, y fueron encerrados en la misma celda.

Joanna y Sandie se pusieron de acuerdo, al enterarse de lo ocurrido, y se presentaron las dos en el saloon de Donald.

Pero ignoraban que Adams, el barman, y John Evans, el técnico en caballos, se habían anticipado.

Entraron las dos, confiadas, y fueron sorprendidas por estos dos.

—No encontrareis nada —dijo Evans.

Las dos se volvieron con rapidez.

—¡Evans! ¿Qué haces aquí?

—Vine a buscar esto.

Mostró una bolsa de cuero, donde habían metido todo el dinero que encontraron.

—Ese dinero me pertenece —dijo Sandie —. Es de mi esposo.

—No te preocupes. A tu esposo no le hará

falta dinero. Se encargarán las autoridades de proporcionarle todo lo que necesite.

Se echó a reír, al decir esto.

Sandie empuñó el pequeño «Colt» que escondía en el corpiño, y disparó sobre Evans, matándole.

Adams movió con gran rapidez sus manos, consiguiendo desenfundar antes de ser alcanzado por el nuevo disparo de Sandie.

Desde el suelo, disparó varias veces sobre las dos mujeres, matándolas antes de que la muerte le sorprendiera.

El juez se presentó en la oficina del sheriff, dando a conocer la noticia, una hora más tarde de haber ocurrido

—Han muerto los cuatro... —decía —. Y ésos merecen la muerte también. Me tenían atemorizado, y me he visto obligado a obedecerles en muchas ocasiones. Lo que de veras ignoraba es que se dedicaban a introducir en la ciudad ese maldito veneno que ha vuelto locos a tantos hombres.

—¡No mientas Merrill! ¡Tú sabías que negociábamos con esa clase de mercancía!

—¡Tú eres el que miente, Murton...! Puedes creer que me alegro de verte encerrado. Cuando supe que ordenaste la muerte de aquellos dos jóvenes inspectores, estuve a punto de matarte. Confieso que no lo hice por miedo.

Jesse pidió al sheriff que pusiera en libertad a Murton.

Russ y Donald presenciaron su muerte desde el interior de la celda.

Jesse lo mató a golpes.

Seguidamente, Russ y Donald eran colgados en la parte trasera del edificio.

En cuanto al juez, como no estaban muy seguros de su culpabilidad, simplemente le destituyeron.

Las autoridades se pusieron en movimiento, al tener noticias de aquellas muertes.

Antes de que pudieran encontrar a Jesse, éste se presentó en la casa del gobernador, y le entregó las confesiones que Pat y el abogado habían hecho antes de morir.

Varios agentes se hicieron cargo de la trágica y mortífera mercancía que almacenaron en el sótano del saloon de Donald.

Varios empleados de la compañía, que estaban complicados, huyeron asustados.

Un mes más tarde, se casaban Jesse e Ingrid.

—¿Has estado alguna vez en Washington?

—Muchas veces.

—Es una lástima que tu padre no haya querido venir.

—Vive muy feliz en Phoenix. Supongo que cuando hayamos pasado una temporada con tus padres, regresaremos. A mí también me gusta vivir en el rancho.

—Sí. Volveremos. He aprendido muchas cosas. He comprobado que la mayoría de las veces cuando un hombre del Oeste da su palabra, la suele cumplir.

—¿Es cierto que se habla de mi padre en Washington?

—Se está haciendo famoso en toda la Unión. Se están pagando verdaderas fortunas por sus caballos.

—Gracias a ti, cariño.

El tren continuaba su rápida marcha por el camino de hierro.

Jesse Alien era un inspector federal e hijo del presidente de los ferrocarriles.

Los federales llevaban tiempo intentando averiguar quiénes estaban detrás del tráfico de droga.

Jesse había llegado a Phoenix porque habían recibido la nota del que trabajaba en los ferrocarriles, pero le mataron antes de que le pudiese contar algo... Razón por la que se quedó como cazador y después vaquero para intentar averiguar lo que pasaba.

Sus amigos tenían razón. Renunció a su cargo de

inspector y se dedicaron a la cría de los mejores caballos de la Unión.

FIN

¡Visite LADYVALKYRIE.COM
para ver todas nuestras publicaciones!

¡Visite COLECCIONOESTE.COM
para ver todas nuestras novelas del Oeste!